노즈키 코와

illustration 종기치

JUST♡MARRIED

전 여친과의
아슬아슬한
위장결혼

Fake marriage
with
my ex-girlfriend

"싫으면 그만할게."

"……좋을 대로 하지 그래?"

"하, 하루……."

"…………."

"잠깐……. 너무 세게 안는 거 아냐?"

"……미안. 익숙하지 않아서 조절이 안 돼."

"……그러셔. 정말 서투른 남자네."

타마키 리오

하야시다 사에코

Contents

전 여친과의 아슬아슬한 위장결혼

노조미 코타

권두·본문 일러스트●퓽키치

✳

　타마키 리오는 내게 있어 어린 시절부터 깊은 인연이 있는 소꿉친구이자, 두 살 위 누나 같은 존재이자——.

　그리고—— 나의 첫사랑이었다.

　"신랑, 하루 군. 당신은 아플 때나 건강할 때나, 부자일 때나 가난할 때나, 서로를 사랑하고 섬기며 보살필 것을 맹세합니까?"

　"맹세합니다."

　"신부, 리오 양. 당신은 아플 때나 건강할 때나, 부자일 때나 가난할 때나, 서로를 사랑하고 섬기며 보살필 것을 맹세합니까?"

　"맹세합니다."

　목사 역을 맡아준 후미에 씨 앞에 아직 작은 나와 리오가 있다.

　때는 지금부터 대략 15년 전——.

　장소는—— 타마키가(家)의 앞마당.

　잘 가꿔진 꽃들이 만발해 있고 가운데 놓인 분수대에서는 물이 뿜어져 나오고 있다.

　우리 집 못지않게 호사스럽고 넓은 정원.

　나와 그녀의 집은 양가 모두 토호쿠 지방(일본 혼슈 동북부에 위치한 6개의 현을 일컫는다)에서는 꽤 알려진 명문가였고 부모끼리의 교제도 상당히 오래되었다.

　부모님들이 복잡한 이야기를 나누는 동안 난 비교적 나이가 가까웠던 리오와 노는 경우가 많았던 것 같다.

"그럼 하루 군, 리오 양. 반지를 교환해 주세요."

후미에 씨—— 리오의 할머니가 온화한 목소리로, 그렇게 말했다.

우리가 타마키가에서 놀 때는 항상 후미에 씨가 함께 놀아주었다.

"그럼 리오 누나, 손 내밀어."

"응, 부탁해, 하 군."

어린 우리들은 순진무구한 얼굴로 반지를 교환한다.

그 무렵 난 리오를 '리오 누나'라고 불렀고 그쪽은 나를 '하 군'이라고 불렀다.

반지 교환이라고 해도 클로버를 엮어 만든 수제 반지다.

"하 군, 고마워."

투박한 반지를 바라보며 어린 리오는 무척이나 행복한 얼굴로 웃었다. 그런 그녀를 보며 나 역시 굉장히 행복한 기분이었다는 것을 아주 잘 기억하고 있다.

그 무렵엔 자주 정원에서 결혼 놀이를 했었다.

후미에 씨가 목사 역, 나와 리오는 신랑과 신부.

당시의 난 솔직히 결혼의 의미를 잘 몰랐지만—— 그래도 행복하게 웃어주는 그녀의 모습을 보는 게 좋았다.

그 후에도 결혼 놀이는 이어졌지만 대체로 항상 맹세의 말과 반지 교환까지만 제대로 하고, 어영부영 끝나버린다.

"후후후, 두 사람은 정말 사이가 좋구나."

"응!"

상냥하게 미소 짓는 후미에 씨를 향해 내가 씩씩하게 고개를 끄덕였다.

"난 말이지, 크면 리오 누나랑 결혼할 거야!"

지금에 와서는 떠올리는 것만으로도 얼굴이 화끈거리는 발언이지만—— 그래도 당시의 난 진심으로 그렇게 믿어 의심치 않았다.

정말 좋아하는 리오 누나랑 크면 결혼할 것이라고.

"나도 하 군이랑 결혼할래! 하 군을 정말 좋아하니까!"

리오 역시 천진난만한 미소로 그렇게 말했다.

"약속이야, 하 군."

"응, 약속."

클로버 반지를 낀 손으로 서로의 손가락을 걸고 몇 번이나 약속을 했다.

우리를 내려다보는 후미에 씨는 봄빛을 품은 햇살처럼 따스한 미소로 우리들의 약속을 지켜봐 주었다.

이런 천진하고 순수했던 나날에서—— 15년 후.

내가 열아홉 살, 리오가 스물한 살이 되었을 타이밍에.

우리들은—— 진짜 결혼을 하게 된다.

다만 그 결혼은, 어린 우리들이 마음에 그렸던 행복한 결혼과는 상당히 동떨어진 형태가 되어 있었다.

자택인 맨션으로 귀가할 무렵엔 벌써 저녁 8시가 넘어 있었다.

방구석에 쌓인 이사용 박스를 요리조리 지나 소파에 털썩 주저앉았다.

"……드디어 주변 친척들 인사가 끝났네."

깊이 숨을 내뱉고는 넥타이를 풀었다.

대학 입학식 이후 입지 않았던 정장이지만 근래에는 이런저런 일로 입을 일이 많았다.

소파에 깊이 몸을 파묻고 다시금 실내를 바라보았다.

1년 전부터 살기 시작한 고층 맨션의 집.

자동 잠금 장치가 완비된 1LDK(일본식 집 구조로 침실 한 개와 거실, 다이닝, 주방으로 구성된 구조를 말한다).

월세는―― 내지 않는다.

이 맨션 자체가 내 본가의 소유물이었기에 대학에 진학하면서부터 빈방에서 살게 되었다.

대학생 혼자 살기엔 지나치게 넓은 집.

하지만 오늘부터는 이 넓은 집이 조금 비좁아질지도 모른다.

"정말, 완전 진이 다 빠졌어."

함께 귀가한 리오 역시 지친 모습으로 주저앉았다.

소파――가 아닌 식탁 쪽 의자에.

내 옆에는 앉기 싫은가 보다.

당연하다.

지금껏 친척들 앞에서 실컷 '사이좋은 부부'인 척했으니까. 집에서까지 나와 붙어있고 싶지 않겠지.

"뭐랄까…… 시대착오적이란 말이야—. 요즘 같은 때에 이렇게 고지식하게 친척들에게 인사하고 다니는 곳이 어디 있어?"

"어쩔 수 없잖아. 서로의 집안이 복잡하게 얽혀 있으니까. 게다가—— 우리들 결혼은 주변에 확실하게 알려두는 편이 좋으니까."

"하아. 귀찮지만 어쩔 수 없지."

난처하다는 얼굴로 말한다.

타마키 리오——스물한 살.

어렸을 땐 천사가 아닐까 착각할 만큼 사랑스럽고 천진하게 웃는 소녀였지만…… 스무 살이 넘은 지금은 천사 같은 천진함은 조금도 남아 있지 않다.

차가운 눈빛과 볼륨감 있는 글래머러스 스타일.

상당한 미인임에는 분명하지만…… 그 성격만큼은 성장과 함께 천사와 점점 멀어져 갔다.

길고 탐스러운 머리를 쓸어 올리자 왼손에 낀 반지가 눈에 들어온다.

클로버로 만든 것——이 아닌, 반짝이는 플래티넘으로 된 진짜 결혼반지.

내 왼손에도 같은 것이 끼워져 있었다.

"아무튼."

본론을 꺼내기 위해 입을 열었다.

"결혼식도 어떻게든 끝났고 인사도 대충 끝났어. 반지도 샀고. 이제 타이밍을 봐서 혼인신고서만 내면…… 전부 끝이야."

"끝——이 아니잖아?"

피식 웃은 리오가 내 쪽으로 걸어오더니 약간 상기된 목소리로 말했다.

"반대야, 하루. 이제부터 시작인 거지, 우리 부부의 결혼 생활이."

"리오⋯⋯."

미래를 향한 희망으로 가득 찬 눈빛.

난 약간 감화된 기분을 느꼈지만.

"——뭐, 형식상의 가면부부지만 말이야."

이쪽의 감동을 비웃기라도 하듯 대놓고 코웃음을 친다.

보란 듯이 크게 어깨를 으쓱하며 정말이지 넌더리가 난다는 얼굴로 변했다.

"정말이지, 왜 너 같은 거랑 결혼해야 하는 거야?"

"⋯⋯그건 내가 할 말이야."

"뭐? 넌 오히려 좋잖아? 나같이 미인에 귀여운 연상과 형식뿐이라고 해도 부부가 될 수 있으니까. 감사하도록 해."

"여전히 자기평가가 높은 아가씨로군."

"뭐라고 했니, 음침한 셋째 도련님?"

"콧대 높은 아가씨라고 했다, 왜."

걸어온 싸움을 피할 수는 없지.

난 소파에서 일어나 리오를 정면으로 노려보았다.

상대 역시 눈을 피하지 않고, 매서운 눈초리로 당당하게 이쪽을 노려본다.

"흥, 착각하지 말아줘. 우리들 결혼은 단순한 정략결혼! 난 단지 본가를 위해 너와 결혼했을 뿐. 너에 대한 연애 감정 따위는 털끝만큼도 없어."

"나야말로—— 내 목적을 위해 널 이용한 것뿐이야. 널 여자로 볼 생각은 털끝만큼도 없으니 안심해."

"흥, 글쎄."

팔짱을 끼고 거만한 어조로 말을 잇는 리오.

"충고 하나 하자면…… 앞으로 한 지붕 아래 산다고 해서 이상한 기대는 하지 않는 게 좋을 거야. 아무리 우리가—— **과거에 한때 남녀 관계였다** 해도 기회가 있을 거라는 생각은 하지 말아줘."

내려다보는 듯한 태도로 선언하듯 내뱉는다.

그렇다.

우리는 과거 한때, 그런 관계였던 적이 있다.

지금으로부터 몇 년 전.

서로가 고등학생이었을 무렵.

내가 고1이고 상대는 고3.

우리들은 이른바 남녀 관계, 다시 말해 커플이었다.

유치원 때부터 알고 지내던 우리들의 관계는 그 시기에 한 단계 더 나아갔다.

소꿉친구에서—— 연인으로.

하지만.

한 걸음 더 나아갔던 관계는 머지않아 그 이상으로 후퇴하게 된다.

결국 우리들의 교제는…… 1년도 유지되지 못했다.

"난 이제 너에 대해선 완전히 털어냈어."

"우연이네. 내가 하고 싶은 말을 전부 해주고. 아주 고맙다."

상대에 맞춰 나 역시 비뚤어진 어조로 대꾸했다.

"우리는 한때 분명…… 그런 관계가 되기도 했지. 하지만 그런 건 치기 어린 행동이었고 젊은 날의 과오였어. 너나 나나 한때의 감정에 휩쓸리던 사춘기 꼬맹이였다는 거지."

"넌 아직 꼬맹이지만. 미성년자 씨."

"뭐라고 했어, 아줌마?"

"누가 아줌마야?"

"누가 꼬맹이라고?"

그리고 다시 서로를 노려본다. 아니 방금 건 그쪽이 먼저 잘못한 거잖아.

남의 말꼬리를 잡아서 나이 싸움이나 시작하고.

나는 일단 시선을 돌려 한숨 섞인 목소리로 '일단'이라며 본론을 이었다.

"언제까지 이어질지는 모르겠지만 되도록 잘해보자. 사랑이니 연애니 하는 시시한 감정에 휘둘리지 말고 비즈니스적인 부부 관계를 이어나가 보자고."

"흥, 알고 있으면 됐어."

그렇게 말하며 리오는 천연덕스럽게 입가를 일그러뜨렸다.

"겉으로는 사이좋게 지내요, 달링."

"그래. 최고의 가면부부가 되자고. 허니."

웃는 얼굴로 비아냥거림을 날린 뒤 우리는 서로 시선을 돌렸다. 리오는 내게 등을 향한 채 거실에서 복도 쪽으로 나가 문을 닫았다.

타마키 리오.

내게 있어 어린 시절부터 깊은 인연이 있는 소꿉친구이자, 두 살 위 누나 같은 존재이자——, 첫사랑이었던 사람.

덧붙여, 고등학교 때 잠시 사귀기도 했던 전 여친으로——.

그리고 현재는 우여곡절을 거쳐—— 형식뿐인 아내가 되었다.

이스루기 하루는 내게 있어 어릴 적부터 깊은 인연이 있는 소꿉친구이자, 두 살 연하의 동생 같은 존재이자—— 첫사랑이었던 사람.

덧붙여, 고등학생 때 잠시 사귀기도 했던 전 남친으로——.

그리고 현재는 우여곡절을 거쳐—— 형식뿐인 남편이 되었다.

"……~~!?"

문을 등 뒤로 닫는 순간 그 녀석 앞에서 필사적으로 참아왔던 감정이 한꺼번에 터져 나왔다. 얼굴은 달아오르고 심장은 쿵쾅쿵쾅 뛰기 시작한다.

위험해.

위험해 위험해 위험해.

어쩌지 어쩌지. 진짜 어떡해?

이거, 꿈은 아니겠지?

사실은 엄청난 규모의 몰카라던가 그런 거 아니지?

내가── 진짜 하루랑 결혼한 거야?

결혼해 버린 거야!?

혼인 신고서는 아직 내지 않았으니까 엄밀하게 따지자면 부부
는 아닐지 모르지만…… 그래도, 약혼──혼인 약속은 끝마쳤
다. 양가 부모님께 인사도 끝냈고 결혼식도 끝났다. 친척들한테
인사도 마쳤으니 오늘부터는 함께 사는 거다.

이제 완전한 부부라고 해도 좋은 것이다.

"~~으!"

두근거림이 멈추질 않는다.

이제부터는 하루와 둘이서 한 지붕 아래에서 생활하게 된다.

우리들의…… 신혼 생활이 시작된다.

식사에 수면, 욕실에 화장실…… 일상생활 대부분의 생활을
공유하게 된다.

어, 어쩌지.

생각만으로도 머리가 터질 것 같아~~!

☀

"……~~윽."

쓰러질 것 같은 기분에 지금 당장이라도 바닥을 구르고 싶었

지만 필사적으로 참았다.

　위험해.

　위험해 위험해 위험해.

　어쩌지 어쩌지, 진짜 어떡하냐?

　이거, 꿈은 아니겠지?

　나는── 진짜 리오와 결혼한 건가?

　아직도 믿기지가 않아.

　약혼도 예물도 식도 인사 돌리기도 모든 것이 기세 좋게 척척 진행된 탓에 현실감이 전혀 들지 않았다.

　아직도 꿈이 아닌가 생각하게 된다.

　앞으로 리오와 둘이서 생활한다니.

　한 지붕 아래에서 신혼 생활을 보낸다니.

　생각만으로도 머리가 폭발할 것 같──.

　"…………."

　아니, 진정해.

　진정해라, 나 자신.

　마냥 들떠 있을 수도 없잖아.

　이렇게 들떠 있는 것도 어차피 나쁜인데.

　아까 그 녀석이 실컷 말했던 것처럼 우리 결혼은 그저 정략결혼.

　정략결혼이자 위장결혼.

　약혼도 결혼도, 이제부터 시작될 결혼 생활도 그 모든 것이 서로의 집안을 위한 것이자 세상을 향한 퍼포먼스에 지나지 않는다.

　한때는 서로 사랑하던 커플이었다고 해도 그런 것은 이미 먼

옛날의 이야기.

저쪽은 이미 나 같은 건 아무렇지도 않을 거다.

그래.

진정하자.

진정하는 거야, 나.

부부가 되었다고 해도 우린 어디까지나 가면부부.

이제부터 시작될 신혼 생활은 모든 것이 거짓.

애초부터 이 결혼 자체는—— 상대측의 선의로 이루어진 것.

존속 위기에 빠진 우리 회사를 살리기 위해 하루가 제안해 준 것이다.

하루는 단순히 나와 우리 집안을 도와주려 한 것뿐이야.

거기 있는 건 순수한 상냥함과 정의감일 뿐—— 속셈 같은 건 아마 없겠지.

분명 우리들은—— 한때 사귀던 시기도 있었지만 그건 이미 과거의 이야기.

저쪽은 이미 나에 대한 감정은 다 털어버렸을 거다.

그러니 꿈꾸면 안 돼.

착각하면 안 돼.

이 결혼은 그저 위장결혼.

이제부터 시작되는 것은 위장이자 허구의 신혼 생활.

무슨 일이 있을 거라 기대하면 안 돼.

그런 덧없는 기대를 품어봐야 허무해지는 건 내 쪽이야.

알고 있어.

뻔하잖아.

하지만.

그럼에도──.

그럼에도── 무언가를 기대하게 되는 스스로를 주체할 수가 없다.

한 지붕 밑에서 생활하다 보면, 뭔가 해프닝이 일어날 가능성이 있지 않을까 망상하는 자신이 있다.

우와…… 꼴불견.

못났다. 진짜 못났어.

한심한 것도 정도가 있지.

설마 내가── 이렇게나 나약한 놈일 줄은 몰랐다.

✱

설마 내가── 이렇게나 미련스러운 여자일 줄은 몰랐다.

아니, 말이 안 된다니까.

없어 없어, 절대로 없어!

다시 그 녀석과 무슨 일이 벌어진다던가 절대 있을 수 없는 일이야!

　우린 벌써 끝났다고!

　그 녀석의 일은 빨리 잊고 앞으로 나가야 한단 말야!

☀ & ✿

아무튼.

아무튼.

리오한테는 절대 들킬 수 없어.

하루가 절대 눈치채서는 안 돼.

내가 아직.

내가 아직.

그 녀석에게 미련이 가득 남았다는 걸──.

제1장 동거 개시

✳

이스루기 하루.

열아홉 살.

이스루기 그룹 직계.

현 회장의 손자이자 현 사장의 셋째 아들.

대학교 2학년.

타마키 리오.

스물한 살.

토호쿠 최대 전통 화과자점 《타마키야》의 딸.

위로는 오빠가 한 명 있으며 막내이자 장녀.

대학교 3학년(유급 1회).

우리들의 신분을 간단히 설명하자면 이런 느낌이려나.

이스루기가와 타마키가. 전국적으로 유명……하다고는 할 수 없지만, 양가 모두 토호쿠에서는 유명해서 아는 사람은 다 알만 한 명문가라 해도 과언은 아니다.

남이 본다면 우리의 결혼은 명문가 자제들 간의 행복한 결혼으로 보였을 것이다.

부자들 간의 행복한 결혼.

명문가에서 태어난 인생의 승자가 순조롭게 탄탄대로를 걷고 있다.

그런 생각을 하고 있을지도 모른다.

하지만 그 실체는―― 순조로운 인생과는 거리가 멀었다.

굉장히 복잡하고…… 무엇보다 진창이다.

나도 리오도 연애 감정으로 결혼을 결정한 것이 아니다.

뭐…….

한때 그런 감정을 가졌던 시기가 있었던 것은 인정하지만―― 그건 이미 옛말이었다.

우리들은 그저 서로의 목적을 위해 결혼이라는 수단을 택했다.

리오는―― 본가의 경영을 일으키기 위해.

《타마키야》는 토호쿠를 대표하는 화과자 브랜드지만 최근 여러 불운이 겹치며 심각한 경영난에 빠져 있었다.

그래서 리오는 《타마키야》의 경영 재건을 위해 나와의 결혼을 결정했다.

거기에 사랑이나 연애 같은 달달한 감정은 없다. 만약 있다 해도 어디까지나 자신의 집안이나 《타마키야》를 생각하는 사랑이지 나를 향한 연애 감정은 아닐 것이다.

그리고.

나 역시 어떤 사정이 있어 급하게 반려자를 찾아야 할 상황이었다.

양쪽 모두 물러설 수 없는 사정이 있었기에 우리는 아직 서로 대학생이라는 신분이면서도 정략결혼을 결정했다.

이 사실은 극히 일부밖에 알지 못한다.

서로의 부모조차 우리가 마음이 통해 맺어졌다고 생각한다.

앞으로 시작될 신혼 생활.

우리들은 주위에 진실을 숨긴 채, 행복한 부부를 계속 연기해야만 한다──.

신혼 생활── 첫째 날.

서로의 대학이 쉬는 일요일 아침.

졸린 눈을 비비고 일어나 침실에서 거실로 나왔다.

그러자── 이불을 정리하고 있는 리오와 딱 마주쳤다.

순간 뇌가 멈춰버렸다.

그쪽도 마찬가지였는지 다소 멍한 얼굴을 하고 있다.

"아……."

"아, 음…… 좋은 아침."

"……좋은 아침."

어색하게 인사를 나눈다.

아아, 맞아. 그랬지, 참. 어젯밤부터 동거 생활이 시작됐었다. 이미 알고도 있고 어느 정도 각오도 하고 있었지만 역시 놀라움에 가까운 감정이 느껴졌다.

아침에 일어나자마자 아내가 있다.

어쩐지…… 비일상적인 느낌이 굉장하다.

내 집인데도 동떨어진 듯한 느낌이 엄청났다.

리오 쪽도 아마 나와 똑같이 그 차이에 당황하고 있지 않을까.

아니, 똑같지는 않나.

저쪽은 우리 집으로 이사 와서 새로운 환경에서 밤을 보낸 것이다.

느끼는 차이나 당황스러움은 나 이상이겠지.

"그, 뭐야…… 잘 잤어?"

"……저렴한 이불인 것치고는."

한숨 섞인 목소리로 그렇게 말한다. 거 미안하네, 저렴한 이불이라.

그야 네 집에 있는 캐노피 달린 침대와는 느낌이 다르겠지.

"정말이지, 내가 왜 거실 같은 곳에서 자야 하는 거야."

"어쩔 수 없잖아. 달리 선택지가 없는데."

1LDK의 맨션──. 거실과 다이닝, 주방 외에는 침실 겸 서재로 사용하고 있는 방이 하나 있을 뿐.

정상적인 남녀 두 사람이 동거하기엔 문제없는 크기의 집안.

하지만 우리들은 가면부부.

한 침대에서 잘 수는 없다.

잠자리에 관해서는 어젯밤 굉장한 논쟁이 있었다.

"저기, 나 어디서 자야 해?"

"일단 손님용 이불은 사놨어."

"이불? 상관은 없는데…… 어디에 깔면 되는데?"

"……내 침대 옆, 은 어때?"

"무슨…… 나, 나더러 너랑 같은 방에서 자라는 거야?"

"방이 모자라니까 방법이 없잖아. 나도 싫지만 참을게."

"뭐라고? 네가 싫어할 이유가 어디 있어."

"그야 싫은 게 당연하지. 혼자만의 쾌적한 수면을 방해받는 거니까."

"흐음~ 그래. 내가 옆에서 자면 흥분해서 잠을 못 잔다는 거 구나."

"대체 누가 그런 소릴 했는데!?"

"아~ 싫다 정말. 같은 방에서 자면 은근슬쩍 어떻게든 될 거라 생각한 거니? 전 여친이니까 억지로 밀어붙이면 될 수 있을 줄 알았어? 안 됐지만 내가 그렇게 쉬운 여자는 아니거든."

"……자의식 과잉도 정도껏 해."

"어쨌든, 너랑 같은 방 쓰기 싫어. 무슨 짓을 당할지 모르고."

"그럼 어쩔 건데? 내가 거실에 이불 깔아서 자고 네가 침대를 쓸래?"

"그것도 싫어. 네 침대 어쩐지…… 냄새날 것 같아."

"…………너 진짜 작작 해라."

그렇게 떠올리고 싶지도 않은 대화 끝에 결국 리오가 거실에서 이불을 깔고 자는 것으로 결론이 났다.

"대책을 세우긴 해야겠네."

"응?"

"네 잠자리 말야. 언제까지고 거실에 이불을 깔아놓고 잘 수는 없잖아. 침실을 커튼으로 구분해서 새 침대라도 놓든지, 아니면 차라리 더 큰 집으로 이사하든지."

"됐어. 매일 자면 아마 익숙해지겠지. 게다가…… 별로 돈을 쓰고 싶지도 않고."

제안은 깨끗하게 기각되었다.

"어차피 하루 너 큰돈을 받는 것도 아니잖아? 너희 아버지 돈에는 굉장히 엄격하시니까. 뭐였더라, 너희 집 가훈."

"《자손을 위해 비옥한 땅을 남기지 않는다》."

"그래 맞아, 그거."

자손을 위해 비옥한 땅을 남기지 않는다.

사이고 타카모리(西鄕隆盛. 일본 에도시대의 군인이자 정치인. 메이지 유신에 큰 공을 세웠다)가 남겼다는 말로 의미를 해석하자면 '자손을 위해 재산을 남기면 후대가 노력을 하지 않게 된다'라는 느낌이다.

이스루기가는 오래전부터 이어진 지주 가문으로 대대로 그 가훈을 지켜왔다고 했다.

나도 거기서 벗어나지 않았기에 유년기부터 엄격한 교육을 받아왔다.

"뭐, 학비랑 살 곳을 마련해 준 시점에서 이미 지나친 혜택을 받은 셈이니까. 생활비 정도는 알바라도 해서 직접 벌어야지."

"여전하구나. 옛날부터 그랬지. 우리 집안보다 부유했으면서 전혀 사치도 안 하고."

못 말린다는 듯이 말하는 리오.

"나도 지금 사치할 처지는 못 되니까 절약할 수 있는 부분은 최대한 절약해 봐야지."

"훌륭한 마음가짐이네."

"그렇게 될 수밖에 없잖아."

리오가 말을 이었다.

체념한 듯, 하지만 동시에 나름의 각오를 다진 듯한 목소리로.

"앞으로 우리는 부부로서 함께 살아가야 하니까."

"…………."

"우리 둘 다 학생이니까 전부 다 스스로 하기는 힘들겠지만…… 그렇다고 해도 가능한 한 자립해 나갈 수밖에."

잠시 놀라서 그대로 멈춰 있었다.

의외……라고 말하면 실례겠지만, 리오는 내가 생각했던 것보다도 우리 둘의 결혼생활에 대해 진지하게 생각해 준 것 같았다.

앞으로의 생활을 생각하면 불안하기 짝이 없지만 상대도 진지하게 생각해 주고 있다면 의외로 잘 지낼 수 있을지도 모른다.

살짝 감동한 마음으로 상대방을 물끄러미 바라보고 있자,

"뭐, 뭐야. 그렇게 빤히 바라보고……. 앗, 설마."

리오가 빙긋 미소 지으며, 일부러 보란 듯이 몸을 감췄다.

"전 여친의 잠옷 차림에 뭔가 느꼈어?"

"……안 느꼈어."

머리가 아파온다.

살짝 감동한 스스로가 바보처럼 느껴졌다.

"네 잠옷 따위 1밀리도 관심 없어."

"말은 그렇게 하면서 힐끔힐끔 보고 있던데~?"

특히 이 부분.

그렇게 말하며── 리오가 자신의 가슴 언저리를 가리켰다.

잠옷을 느슨하게 입은 탓에 살짝 벌어져 있는 가슴팍.

그 사이로 깊은 골짜기가 들여다보였다.

"윽······."

말문이 막혔다. 솔직히 말하면······ 보고 있었다. 나도 일단 남자다. 눈앞에 골짜기가 있으면 그만 시선이 향해 버리고 만다.

좀 더 솔직하게 말하면── 사실 꽤 많이, 잠옷 차림에 동요하고 있었다.

이런 모습은 사귈 때조차 본 적이 없었다.

무방비하다고 해야 할지, 빈틈이 많다고 해야 할지.

애초에 잠옷 차림 자체가 상당히 관계성 짙은 상대에게만 보이는 모습이 아닌가.

가족이나 동거 중인 연인──, 혹은 부부. 그런 특별한 모습을 목격한 것에, 정복감에 가까운 만족감마저 느끼고 말았다.

하지만 당연히 그런 감정을 드러낼 수야 없다. 잔뜩 동요했다는 걸 들키면 얼마나 놀림을 받을지 상상하기도 싫다.

그렇게 생각하고 필사적으로 눈을 돌릴 생각이었지만······ 아무래도 나의 자제심은 아직 물러 터졌나 보다.

"후훗."

리오가 승자의 얼굴로 웃었다.

"정말이지 하루는 어쩔 수 없는 녀석이구나~. 날 여자로 볼 생각은 털끝만큼도 없다고 했던 주제에 대놓고 의식하고 있고. 귀엽긴."

즐거워서 못 참겠다는 듯이 다가와 이쪽의 얼굴을 들여다본다.

"뭐, 나도 악마는 아니니까…… 간절히 부탁한다면 보는 것 정도는 용서해 줄 수 있는데? 자, '리오 누님, 부탁합니다'라고 해 봐."

"……바보냐."

동요를 필사적으로 감추고 냉정한 태도를 지어보였다.

"놀릴 거면 세수나 하고 해. 침 자국 묻었어."

"헉, 진짜!?"

리오가 황급히 거리를 두고는 입을 가린다.

나는 그런 그녀에게서 등을 돌린 채, '뻥이야'라고 내뱉고는 세면대로 향했다.

"~~읏! 역으로 놀리다니 건방져. 하루 주제에!"

화난 목소리로 그렇게 말한 리오는 나를 앞서가더니 진로를 막아섰다.

"오지 마. 내가 먼저 쓸 거니까."

"집주인에게 양보할 맘은 없는 거냐?"

"오늘부터는 저도 주인이거든요."

"……그러셨죠."

걸음을 멈추고 작게 한숨을 내쉬었다.

이래서야.

아직 눈뜬 지 30분도 안 됐는데, 이 소란스러움은 뭐지?

우리는 앞으로 정말 괜찮은 걸까?

요즘 계속 인사다 뭐다 해서 외식을 할 일이 많았기에 냉장고 안은 거의 텅 비어있었다.

그래서 아침 식사는 토스트로 간단히 때웠다.

오늘 오전 중에 이렇다 할 볼일은 없다.

여유롭게 식후 커피라도 즐겨볼까.

"커피 마실래?"

"으음, 마실래."

"카페인 있는 거랑 없는 거, 어느 쪽?"

"으음, 없는 걸로."

돌체구스토로 내 몫을 내리는 김에 리오 것도 함께 준비해 주었다.

사실, 리오가 커피를 디카페인으로만 마신다는 건 이미 알고 있었고, 이미 동거 생활 시작도 전에 일부러 디카페인 캡슐을 주문해서 갖춰 놓은 거지만…… 그런 걸 들켰다간.

"흐음, 자긴 마시지도 않는 디카페인을 일부러 날 위해 준비했구나~. 전 여친의 취향을 계속 기억하고 있다니…… 왠지 좀 깬다."

같은 말을 들을 우려가 있었기에 굳이 확인 단계를 밟은 것이다.

……내가 생각해도 대체 무엇과 싸우고 있는지 모르겠지만 어쩔 수 없다.

"자, 여기."

"고마워."

소파에 앉아 있는 리오에게 손님용 컵에 담긴 커피를 전해주었다.

역시 옆에 앉기는 좀 그래서 난 식탁 쪽 의자에 앉았다.

"리오, 너 오늘 일정은?"

"어머? 내 일정에 관심 있어?"

"어디까지나 남편으로서 최소한의 확인을 한 것뿐이야. 싫으면 말하지 마."

"필요한 것 좀 사러 갈 거야."

그렇게 말한 리오는 방을 한번 빙 둘러보고 한숨을 내쉰다.

"집이 남자 혼자 사는 것 같지 않게 깔끔하긴 하지만…… 물건이 너무 없어서 좀 소름 돋아."

"칭찬하든지 욕하든지 하나만 해라."

미니멀리스트라고 내세울 맘은 없지만 불필요한 물건은 방에 두지 않는 성격이었다. 아직 1년 정도밖에 안 살았다고 해도 확실히 생활감이 거의 느껴지지 않는 집안이긴 했다.

소름 돋는다는 말은 좀 심하다고 생각하지만.

"둘이 살기엔 살림이 너무 부족하니까 이것저것 사 둬야지. 식기라든가 수건, 그리고 내가 쓸 샴푸나 화장품도 사야 하고. 어제 욕실에 있는 네 샴푸를 썼더니…… 뭔가 순식간에 머리가 상한 것 같아."

"미안하게 됐네. 두피까지 싹 다 닦아주는 남자 샴푸거든요."

"일단 결혼 선물로 집에서 받아온 돈이 좀 있으니까 그걸로 지내는 데 필요한 것 좀 갖춰 놓으려고."

거기까지 말하고 리오가 컵을 내려놓았다.

머리를 쓸어 올리고는 다리를 바꿔 꼬더니.

"하루는 어떻게 할래? 꼭 내 짐꾼 노릇을 하고 싶다면 쇼핑에 데려가 줄 수도 있는데?"

굉장히 무례한 태도로 물어왔다.

난…… 잠시 입을 다물고 생각했다.

원래부터 물건 쇼핑 정도는 함께 가 줄 생각이었지만 이런 태도를 보이면 같이 갈 마음도 사라진다. 왜 더 솔직하게 '도와줘'라는 말을 못 하는 걸까, 이 녀석은?

"……거절할게."

내가 말했다.

"쉬는 날까지 무리해서 같이 행동할 필요는 없잖아. 서로의 사적인 시간은 소중히 하자."

"…………."

"필요한 게 있으면 각자 사 오는 걸로 하고. 그게 더 효율적이니까."

"……아, 그러셔. 그럼 됐어. 모처럼 권유해 줬더니."

토라진 투로 그렇게 내뱉고는 스마트폰을 만지작거린다.

아까 그게 권유하려는 사람의 태도였던가.

"이제 하루 같은 건 의지 안 해. 전부 혼자 할 거야."

"……미리 말해 두는데."

스마트폰을 만지기 시작한 순간 불길한 예감이 들어서 일단 말해두기로 했다.

"기사 같은 거 부르지 마라."

"윽……."

멈칫. 몸을 굳히는 리오.

역시 집안의 사용인을 부를 생각이었던 것 같다.

"정곡이냐……. 자립한다고 하지 않았어?"

"데리러 오는 것 정도는 보통이잖아?! 난 면허도, 차도 없어!"

보통 아니거든, 그거.

뭐, 무리도 아니지.

유치원 때부터 쭈욱 귀하게 모셔진 아가씨다.

지금 다니고 있는 대학도 사용인들의 도움으로 오가고 있다고 들었다.

'목적지=집안 사용인이 차로 데려다 주는 곳'이라는 인식이 뼛속까지 스며들어 있겠지.

"보통 대학생들은 각종 대중교통을 타고 다녀. 이 집이라면 버스를 이용하는 게 제일 빨라. 뭐, 세상 물정 모르는 아가씨에 겐 어렵겠지만."

"뭐야? 무시하지 마. 나도 버스 정도는 탈 수 있어."

득달같이 맞받아치는가 싶더니 그 직후 대놓고 불안한 목소리로 확인해 온다.

"그러니까…… 그거잖아? 버스는 그러니까…… 타기 전에 정류장에서 표를 사면 되는 거지?"

머리가 지끈거렸다.

그렇겠지. 전철도 혼자 타본 적 없는 아가씨니까, 이 녀석.

시내버스 같은 건 정말 심하면 살면서 한 번도 안 타봤을지도 모른다.

뭐든지 혼자서 해내야 하는 우리 집의 방침과는 달리, 타마키가는 유일한 딸인 리오를 엄청나게 과보호로 키웠으니까.

"……하아."

깊은 한숨을 내쉬며 난 의자에서 몸을 일으켰다.

"빨리 준비하고 나가자."

"어?"

"오전엔 나도 한가하니까. 아가씨를 에스코트 해드리죠."

리오는 순간 놀란 표정을 지었으나 이내 볼을 부풀리며 퉁퉁거렸다.

"……흥. 처음부터 그렇게 말하면 될 걸. 솔직하지 못하긴."

"누가 할 소릴."

아가씨에게 버스 타는 법을 알려 주면서 버스를 타고 목적지로 향했다.

생활 잡화를 함께 파는 대형 인테리어 매장.

1층은 전체가 주차장으로 되어 있어 에스컬레이터를 타고 2층으로 올라갔다.

"가게에서는 서로 거리를 좀 두자."

에스컬레이터에서 내리자마자 리오가 새침한 얼굴로 그렇게 말했다.

"왜 그래야 하는데?"

"생각 좀 해봐. 휴일에 남녀가 같이 생활용품을 사러 온 거잖아? 이런 걸 사람들이 본다면…….'

약간 얼굴을 붉힌 채 리오가 말했다.

"사, 사이좋은 신혼부부라고 생각할 거 아냐……!"

"…………."

뭘 말하려는지는 이해했다.

젊은 남녀가 함께 생활 잡화를 고르고 있다면 주변 사람들은 십중팔구 그런 관계라고 판단하겠지.

부부, 아니면 동거 중인 커플.

"어디서 누가 보고 있을지 모르잖아. 난 너와 달리 대학 친구도 있어."

"나도 친구 정도는 있거든."

가볍게 반박했다.

"마음은 알겠지만…… 주위에 '사이좋은 부부'라고 어필해 두는 것도 우리 결혼에는 필요해."

우리가 위장결혼을 했다는 사실은 서로의 부모나 형제들조차 알지 못한다.

그러니 양가는 물론 세상의 눈도 속여야 했다.

가면부부라는 걸 들키지 않도록 원만한 부부의 모습을 연기해야 한다.

누가 보고 있을지 모르는 일상생활이라고 방심할 수 없다——.
아니, 오히려 이런 바깥에서의 행동이야말로 더 주의를 단단히 기울여야 했다.

무엇보다.

우리 친척 중 한 명, 상당히 귀찮은 인간이 있으니까——.

"가면부부라는 걸 들키지 않으려면 누가 보고 있을지 모르는 밖에서야말로 부부답게 행동해야 할 것 같은데."

"……그건 알고 있지만."

"뭐, 무리하라고는 안 해. 네가 정 창피하다면 밖에서는 거리를 좀 두자."

나는 상대의 의견을 존중해 주려고 한 말이었지만,

"뭐, 뭐야! 누가 창피하다는 거야?"

아무래도 기분을 더 상하게 한 것 같다.

"전혀 아무렇지도 않거든? 부끄러울 요소가 전혀 없거든?"

"친구들에게 보이면 창피한 거 아녔어?"

"그건…… 네, 네 연기력이 걱정되니까 그러지! 여자에게 익숙하지 않다는 느낌이 온몸에서 새어 나와서 전혀 기혼자처럼 안 보이니까!"

"큭……."

남의 급소를 찌르다니, 이 여자……!

"내 쪽은 전혀 아무렇지도 않지만 말이야. 너에 대해 아무런

35

마음도 없으니까 얼마든지 연기할 수 있어."

"으스대지 마. 이쪽도 마찬가지야. 사이좋은 연기쯤은 여유롭다고."

"흐음, 그래? 그렇다면—— 손이라도 잡아볼래?"

"무슨……."

눈앞에서 손을 꽉 잡힌 순간 그만 동요를 드러내고 말았다.

예상대로 리오는 더없을 정도로 환한 미소를 짓고 있었다.

"이거 봐, 부끄러워하네! 대놓고 누가 봐도! 새빨개졌어!"

"……윽."

"어머~? 이상하다? 여유라고 하지 않았니~?"

"……너 말야."

내게 창피를 준 것이 어지간히 기쁜지 즐거워 보이는 얼굴로 부추겨 대는 리오.

굴욕으로 머리에 피가 몰리는 게 느껴졌다.

"후후. 하여간, 손을 잡은 것만으로도 부끄러워하다니 하루도 아직 어리네——."

신이 나서 걸어가려는 리오의 옆으로 다가가—— 그 손을 잡았다.

꽈악, 하고.

조금 강하게.

손가락을 감아쥐는, 연인들이 잡는 방식으로.

"앗…… 뭐 하는……."

리오는 순식간에 얼굴을 붉히면서 눈에 띄게 동요했다. 그걸 놀려줄까도 생각했지만⋯⋯ 솔직히 이쪽도 여유는 없었다.

손바닥으로 전해지는 체온과 감촉이 이성을 마비시키고 심장을 요동치게 했다.

이렇게 리오의 손을 잡은 게 대체 몇 년 만이지——.

"뭐, 뭐 하는 거야⋯⋯?"

"⋯⋯그쪽이 먼저 부추겼잖아."

"그렇다고 이렇게 무리하게⋯⋯."

화난 듯한 반응을 보이지만 목소리에도 힘이 없고 손을 뿌리치지도 않는다. 그렇게까지 싫어하는 건 아닌 것 같다. 그렇게 믿고 싶었다.

"⋯⋯사귀었을 때도 다섯 번밖에 안 잡았으면서."

"횟수, 기억하고 있냐."

"뭣⋯⋯ 무, 문제 있어?! 미안하네, 기억력이 하도 좋아서!"

황급히 부정하듯 소리치는 리오, 그렇지만 그런 그녀를 놀릴 생각은 없다.

사실—— 나도 기억하고 있으니까.

고등학생 시절, 아주 짧은 기간의 교제였지만 그 행복했던 시간이 지긋지긋할 정도로 마음속에 달라붙어 있다.

손잡은 횟수는, 확실히 다섯 번.

그 다섯 번의 상황 역시 모두 선명하게 기억한다.

내가 먼저 잡은 게 두 번, 리오가 잡아 온 게 세 번.

내 스스로도 기분 나쁠 정도다.

정말이지 미련이 가득해서 상대를 놀릴 상황이 아니었다.

"싫으면 놓을게."

"······따, 딱히 싫진 않아. 그보다는······ 아무렇지도 않네. 그냥 무(無)야, 무. 완벽한 무감정."

그런 퉁명스런 말을, 누가 봐도 감정이 요동치는 얼굴로 말해 온다.

"뭐, 하긴. 이렇게 신혼 느낌을 어필하면서 걷는 것도 좋지 않겠어?"

"······그건 그렇지. 이거라면 누가 어떻게 봐도 사이좋은 부부로 보일 테니까."

"그보다······ 손잡는 것 정도로 옥신각신하는 것도 시간 낭비니까 빨리 가자."

"그래."

손을 잡은 채, 우리는 걷기 시작했다.

마치 신혼부부처럼── 하지만.

그 시간은 오래 가지 않았다.

앞쪽 코너에서── 한 가족이 걸어온 것이다.

""──읏?!""

둘이 동시에 튕겨 나가듯 손을 떼어버렸다.

가족 단위의 손님들이 우리 옆을 지나갔다. 대화에 열중한 탓인지 우리 쪽은 신경도 쓰지 않는 것 같았다.

남이 보기에 곤란한 짓을 하고 있던 건 아니지만······ 지금의 우리에겐 손을 잡은 모습을 다른 사람에게 보이는 것마저 장벽이 높은 것 같았다.

"너, 너무 당황하는 거 아냐?"

"……누가 할 소린데?"

"내가 언제. 지금 네 쪽이 더 빨리 손을 놨잖아."

"뭐? 웃기지 마. 그쪽이 더 빨랐거든."

"아니, 확실하게 그쪽이 더 빨랐어. 난 황급히 손을 떼는 너한테 놀라서 손을 뗀 거니까."

"난 당황하는 네 요상한 얼굴에 놀라서 손을 뗐을 뿐이야."

"요, 요상한 얼굴 같은 거 안 했어!"

서로 으르렁대며 어린애처럼 말다툼을 했다.

그 후로도 얼마간 의미 없는 설전을 주고받은 후 걸음을 재개했다.

아무래도 그런 상황에서 더 손을 잡을 수는 없었다.

처음의 손 잡기로 인한 소동 때문에 미묘한 거리감과 긴장감이 조성되긴 했지만, 어떻게든 생필품 쇼핑을 무사히 마쳤다.

식기나 조리도구, 핸드 타올과 목욕 타올 등등.

둘이서 살게 되니 아무래도 생활용품이 늘어날 수밖에 없어 보였다.

"일단 어디서 밥이나 먹을까."

인테리어 매장에서 나올 무렵엔 시각이 정오를 넘어가려 하고 있었다.

"그럴까."

"패밀리 레스토랑 괜찮지."

"아무 데나 상관없어."

가장 가까운 패밀리 레스토랑을 목표 지점으로 잡고 둘이서 걷기 시작했다.

"……아, 맞다. 냉장고가 비어있으니까 저녁거리도 사서 들어가야지. 역시 두 번이나 외식하기는 좀 그렇고…….."

이대로 짐을 들고 슈퍼에 가기도 귀찮으니 한번 집에 가는 게 좋으려나. 그런 식으로 앞으로의 계획을 세우고 있는데.

"있지, 하루."

리오가 입을 열었다.

"점심 먹은 다음엔 개별 행동하지 않을래?"

"개별행동?"

"나 아직 화장품이나 샴푸 같은 거 못 샀거든. 게다가 너 오후에 알바 있다면서?"

"그렇긴 한데…… 그래서 저녁을 어떻게 할까 하는 얘기를 하고 있는 거잖아. 알바 끝난 뒤엔 장 볼 시간도 없으니까…….."

"저녁? 후후, 하루는 그런 거 신경 쓰지 말고 노동에나 힘써."

리오는 가뜩이나 큰 가슴을 더욱 내밀어 보인다.

"너에겐 이미 우수한 부인이 있으니까."

리오의 요리 스킬은 솔직히 말해…… 낮다.

상당히 낮다.

이건 딱히 그녀의 책임이나 잘못이라기보단 가문의 교육 방침 문제일 것이다.

가사와 취사는 사용인이 담당하는 전형적인 부잣집 가정. 가사보다는 배움이 우선시되는 삶을 어린 시절부터 쭉 살아온 것이다.

타마키가의 유일한 딸이자 막내 겸 장녀——타마키 리오.

아가씨처럼 귀하게 자란 그녀의 수제 요리를 나는 과거에 딱 한 번 먹어본 적이 있다.

사귄 지 한 달쯤 지났을 때인가.

방과 후 근처의 공원에서 만난다는 실로 고교생다운 방과 후 데이트를 만끽하고 있을 때—— 리오가 날 위해 도시락을 싸 온 적이 있었다.

"이, 이거…… 괜찮다면 먹어봐."

부끄러운 듯이 내민 도시락을 나는 기쁜 마음으로 받았다.

그리고 뚜껑을 열고—— 순간 말을 잃었다.

도시락 안에 있던 것은 흑백의 풍경.

급격하게 세상에 흑백으로 가라앉았나 싶을 정도로 조금의 채색도 느껴지지 않는, 깔끔한 검은색과 흰색으로 된 2색 도시락이었다.

"저기…… 하루는 햄버그 좋아하지? 그래서 열심히 만들어 봤어."

탄화된 물체의 정체는 설명을 듣고 나서야 비로소 깨달았다.

반면 쌀밥은 흠잡을 곳 없는 완벽한 만듦새. 아마 집에서 다른 누군가가 만든 것을 그대로 퍼온 것이리라.

시커먼 햄버그와 흰 쌀밥뿐.

채색이 전무한 흑백 도시락이 리오의 첫 수제 도시락이었다.

"……저기 미, 미안해. 난…… 좀 더 잘될 줄 알았는데…… 싫으면 안 먹어도 돼."

내 반응이 좋지 않았던 건지 리오가 굉장히 미안한 얼굴을 해 보인다.

그런 얼굴과 반창고투성이인 손을 본 이상 내 선택지는 하나밖에 없다.

젓가락을 꺼내들고── 기세 좋게 도시락을 먹었다.

"앗, 하, 하루?"

"……음, 맛있어!"

우물우물 씹어서 확실하게 삼키고 난 뒤 난 그렇게 말했다.

"완전 먹을 수 있겠는데. 웰던 같은 느낌이야."

최선을 다해 긍정적인 말을 해봤지만 당연히…… 맛있지는 않았다.

힘들어.

숯을 먹는 게 꽤나 힘들었다.

그나마 불행 중 다행이라고 해야 할지 뱉을 수준의 맛은 아니었다. 시커메진 햄버그 안에는 아직 고기의 맛이 남아 있었고, 무엇보다 밥만큼은 정상이라는 것이 그나마 남은 위안이었다.

숯을 밥에 감싸서 삼키는 느낌으로 나는 어떻게든 웃는 얼굴로 도시락을 비웠고…… 그리고 그런 나를 리오가 행복하다는 얼굴로 바라보고 있었다.

이상.

회상 종료.

달달……하다기보단 꽤나 씁쓸한 청춘의 단편이다.

이런 경험이 있었기 때문일까, 리오가 의기양양한 얼굴로 저녁을 만든다는 제안을 해온 순간 불길한 예감밖에 들지 않았다.

남자로서는 여친이 만든 거라면 비록 맛이 없어도 웃는 얼굴로 먹어줘야겠지만—— 우리는 이미 부부다.

가끔은 괜찮아. 가끔 먹는 폭탄 도시락이라면 참을 수 있어.

하지만…… 매일은 힘들다.

매일 폭탄을 먹는 건 힘들다.

앞으로의 생활을 생각하면 어떻게든 리오에게 스스로의 실력을 깨닫게 할 필요가 있었다. 하지만 그렇게나 의욕에 가득 차 있는데 어떻게 전해야——.

그런 불안과 두려움을 안고 아르바이트를 하러 갔지만, 몇 시간 후.

스스로가 얼마나 무례한 생각을 하고 있었는지 깨달았다.

"이건……!"

오후 6시가 넘은 시각.

아르바이트에서 돌아온 나는 테이블 위에 펼쳐진 광경에 입을 다물지 못했다.

햄버그, 밥, 된장국, 샐러드에 과일 요거트.

너무 화려하지도 그렇다고 너무 검소하지도 않은…… 그래, 실로 딱 알맞은 느낌의 저녁밥이 테이블 위에 놓여져 있던 것이다.

"훗훗훗. 어머, 왜 그러고 있어, 달링?"

앞치마 차림의 리오가 말했다.

내 놀란 모습이 기뻐서 어쩔 줄 몰라 하는 모습이다.

"이거…… 네가 만든 거야?"

"당연하지~? 그럼 누가 만들었겠어."

보란 듯이 가슴을 활짝 편다.

"뭐야, 그렇게 놀랄 일이야? 이 정도는 평범하잖아. 난 그저 평범하게 저녁을 만들었을 뿐이야."

"……아니, 놀랄 수밖에. 그야 네 수제 요리라고 하면…… 내 안에선 옛날 화면을 떠올리게 하는 흑백 도시락인데."

"흐, 흑백 도시락이라고 하지 마! 그때 일은 잊어!"

황급히 내 말을 받아치고는.

"……뭐, 나도 성장한다는 거지."

역시나 으쓱한 얼굴로 덧붙인다.

놀람이 채 가시지 않은 상태로 난 식탁에 앉아 저녁을 먹었다.

외형은 완벽하지만 사실 맛은 끔찍한 상태 그대로——라는 전개도 잠시 상상했지만 당연하게도 그런 일은 없었다.

"어때? 맛이 어때?"

"……평범하게 맛있어."

"잠깐. 평범이 뭐야, 평범이."

불만족스럽다는 투로 말하는 리오였지만, 그 얼굴에 안도와 환희의 미소가 번지고 있었다.

정말로, 빈말이 아니라 평범하게 맛있다.

그렇다고 해서 특출나게 맛있다는 건 아니지만, 평범하게——
다시 말해 매일 먹고 싶어질 정도로 맛있다.

"자, 햄버그도 팍팍 먹어. 시판 제품이 아니라 내가 하나하나
반죽해서 만든 거니까. 아, 된장국도 마셔봐. 그것도 제대로 육
수부터 낸 거야."

"아, 알았어 알았어."

자랑스럽게 내뱉은 목소리에 떠밀려 난 리오가 손수 만든 요
리를 마음껏 즐겼다.

내가 식사하는 모습을 한동안 바라보더니 그녀도 식사를 개시
한다.

"음…… 맛있어. 역시 나야. 이 천재적인 솜씨."

"……너, 어느새 이렇게나……."

"그러니까 성장했다고. 요즘은 집에서 직접 만들기도 해."

리오가 말을 잇는다.

"요리만 하는 건 아니야. 청소도 빨래도 혼자 다 할 수 있어.
너와 사귀던 시절엔…… 혼자서는 아무것도 못하는 아가씨였지
만, 여자는 금세 변하는 법이야. 단 몇 년 새에 놀랄 만큼 변화
한다고."

"…………."

"즉—— 네가 놓친 여자는 요 몇 년 사이에 훌륭한 여인으로
성장했다는 거지."

그리고.

환하게 웃는 얼굴을 하고 의기양양하게 말한다.

"어때? 놓친 물고기가 너무 크지?"

여기서 고개를 끄덕이는 건 내키지 않았지만, 이렇게나 훌륭한 성장세를 본 상황에서 반론도 할 수 없었기에.

"그럴지도 모르겠네."

그렇게 씁쓸한 미소와 함께 얼버무릴 수밖에 없었다.

저녁 식사 후——.

나는 베란다로 나가 전화를 걸었다.

이 맨션의 베란다는 상당히 넓어서 동거인에게 들려주고 싶지 않은 이야기를 하기에는 최적이었다.

『——그렇습니까. 수제 요리는 실패 없이 끝냈군요.』

"완벽했어. 하루의 놀란 얼굴, 하야시다에게도 보여주고 싶었는데."

『그거참 잘됐습니다. 리오 님이 무척이나 애썼으니까요.』

평소처럼 서늘한 어조로, 하지만 따스한 찬사를 보내준다.

전화 상대는—— 하야시다 사에코.

타마키 가문을 섬기는 사용인 중 한 명으로 나이는 올해로 29세.

예전부터 날 잘 보살펴 준 덕에 내게 있어서는 누구보다 가까운 사용인이었다.

입장은 다소 복잡하지만 난 언니 같은 존재라고 생각하고 있다.

하루와의 위장결혼이 정해지고 나는 하야시다에게 부탁해서 요리를 배웠다.

요리뿐만 아니라 청소나 빨래 같은 것들도.

아무것도 모르는 아가씨였던 나에게 하야시다는 아낌없이 정성껏 알려주었다.

불과 몇 달이지만, 최선을 다해 노력했다고 생각한다.

말하자면―― 신부수업이라는 거지.

『잘 되었습니다, 리오 님. 그렇게나 좋아하시는 하루 님이 기뻐해 주었으니.』

"응, 정말. 내가 좋아하는 하루가 기뻐해 줘서 엄청 좋――은 게 아니라!"

신나게 고개를 끄덕이다가 당황하며 부정한다.

"무무, 무슨 소릴 하는 거야, 하야시다!"

『어머? 뭔가 잘못되었나요? 리오 님은 사랑해 마지않는 남편인 하루 님에게 만족을 드리기 위해 요리를 배우려고 한 것 아닌가요? 요리뿐만 아니라 청소와 빨래 등 저에게서 수많은 집안일을 배우려고 한 것 모두 하루 님을 향한 사랑 때문인 게 아닌지?』

"아니라니까! 나랑 하루는 위장결혼! 하야시다한테는 제대로 말해 뒀잖아!"

시치미를 떼고 놀려오는 하야시다와 발끈하며 부정하는 나.

그녀는 우리의 위장결혼을 아는 몇 안 되는 인물 중 한 명이다.

우리 부모님에게 비밀로 했다는 것 역시 하야시다에겐 전부 전해두었다.

나와 하루가 가면부부라는 것도…… 고등학생 시절에 잠시 사귀었다는 것도.

"난 이제 하루한테는 아무 감정도 없어."

『아아, 그런 설정이었던가요.』

나의 필사적인 반론에도 자연스럽게 대꾸하는 하야시다.

설정이 뭐야, 설정이…….

"요, 요리나 청소를 배우려고 했던 건…… 그저 놀림받고 싶지 않아서 그랬던 거야. 아무것도 못하는 천방지축 아가씨라고 여겨지는 것도 짜증나고. 그러니까 놓친 물고기가 얼마나 컸는지 알려주고 싶었던 거지 딱히 연애 감정은…….."

『여전히 무엇과 싸우고 있는 건지 알 수가 없군요.』

서늘한 목소리로 체념한 듯 그렇게 말하는 하야시다.

『그렇게 신경 쓰지 않아도 하루 님은 집안일에 서투른 것 정도로 리오 님을 다그칠 남자가 아니지 않나요? 아직 젊고 총명한데다 신사이고, 무엇보다 상냥한 분이에요. 여자가 집안일을 해야 한다는 낡은 사고방식을 갖고 있을 분도 아니고요.』

"……그래서 그런 거야."

내가 말했다.

"저 녀석은…… 내가 만든 요리가 맛이 없어도 불평 한마디 안 해……. 아무 말없이 전부 먹어주는…… 그런 녀석이니까."

생각이 난다.

고등학생 시절…… 이제 와서는 잊고 싶은 흑역사.

내 볼품없는 수제 도시락을 하루는 맛있게 먹어주었다.

그때의 두근거리던 행복과…… 심장이 답답할 정도로 미안했던 감정은 지금도 마음 깊은 곳에 달라붙어 있다.

　"그런 남자랑 결혼해 버렸으니, 최선을 다해 맛있는 밥을 해 줄 수밖에 없지."

　『……남편 자랑을 할 거라면 슬슬 끊어도 될까요?』

　"뭣…… 자, 자랑 같은 거 아니야! 이, 이상한 데서 배려하는 게 정말 성가시다는 얘기였어! 맛이 없으면 없다고 말하고 남기면 좋겠다는 얘길 한 거라고!"

　『하아…… 정말이지 부럽군요. 저도 하루 님 같은 남자와 결혼하고 싶었습니다. 원래라면 저도 진작에 사용인 일은 그만두고 지금쯤 근사한 신부가 되었을 텐데…….』

　담담하지만 목소리엔 숨길 수 없는 비애가 서려 있었다.

　하야시다는 몇 년 전 결혼을 이유로 일을 그만둔 적이 있었다.

　하지만…… 곧바로 돌아왔다.

　자세한 내막은 듣지 못했지만, 이런저런 사정 때문에 약혼이 파기되었다고 했다.

　『……대체 언제까지 이 일을 계속해야 하는 건지……. 이렇게 결혼한 뒤에도 본가의 사용인에게 의지해 오는 철부지나 상대하면서…….』

　"……다 들려."

　아니, 아예 들으라는 듯이 말하고 있잖아.

　하여간 정말이지.

　『으음. 뭐, 아무튼 말이에요.』

다시 본론으로 돌아가려는 듯 하야시다가 말했다.

『너무 무리하지 않는 선에서 열심히 하세요, 리오 님. 집안일은 매일 생겨나는 것이니 성장하는 데에도 한계가 있는 법입니다. 하루 님 앞에서 좋은 여성인 척하는 것도 적당히 하세요.』

"아, 알고 있다니까."

『결혼이라는 것은, 이인삼각으로 마라톤을 하는 것과 같습니다. 설령 아무리 속도가 느려도 둘이서 제대로 발을 맞춰서 자신에게 맞는 속도로 가는 게 중요합니다.』

"······응, 고마워."

따스한 말에 나도 모르게 미소가 새어 나왔다.

"후후, 역시 하야시다는 믿음직하네."

『그 정도는 아닙니다. 애초에······ 독신 주제에 무슨 권리로 조언을 하는 건가 싶네요. 제가 결혼이 어떻다는 말을 해봐야 설득력이 전혀 없을 텐데······.』

"그, 그렇지 않아! 뭐라고 할까······ 한번 대차게 실패했던 하야시다니까 오히려 말에 굉장한 무게감이 있달까! 저주와도 같은 묵직함이!"

『···········.』

뚝, 하고 전화가 끊겼다.

좋은 의미로 말할 생각이었는데 여러모로 실언한 것 같다.

하야시다에게 감사와 보고와 자랑을 마친 나는 베란다에서 실내로 들어갔다.

주방에서는 하루가 설거지를 하고 있었다.

둘이 사용한 식기와, 내가 쓴 조리 기구를 정성껏—— 잠깐.

설거지?!

시, 실수했다!

"잘 새겨두세요, 리오 님."

다급해진 내 머릿속에 몇 달 전 하야시다에게서 들은 말이 떠오른다.

"집에서 하는 요리는 정리까지 포함해서 모두 요리인 겁니다. 살림이 몸에 밴 자일수록 뒷정리까지 생각하면서 요리하는 법이죠."

신부수업 중 하야시다는 그렇게 말했다.

"만약 리오 님이 실수하지 않고 훌륭한 요리를 완성했다 해도…… 요리가 끝난 주방이 어질러진 채라면 모든 것이 허사가 되는 겁니다. '아, 이 녀석 평소에 요리를 안 하는구나'라는 환멸은 물론 여자로서의 능력치가 낮다는 걸 보여주는 셈이죠."

귀에 못이 박히도록 들은 말이다.

하지만 난 그런 하야시다의 감사한 조언에——.

"알았어 알았어. 실전에서 확실하게 할 거야. 그러니 오늘은 하야시다가 정리해 줘."

"……하아. 정말이지 이 아가씨를 누가 말릴까."

으아아아아, 실수했다아아아아!

완전히 잊고 있었어!

평소에 안 하던 건 역시 실전에서도 못 하는 거였어!

실패하지 않고 만들었다는 기쁨에 너무 도취되어 있었어!

정리 같은 건 까맣게 잊고 폰으로 사진이나 찍고 있었어!

조리 기구도 남은 재료도 전부 방치된 채——.

"하, 하루!"

난 황급히 주방으로 달려갔다.

"뭐 하는 거야."

"뭐 하긴…… 설거지 중이잖아."

"그, 그런 건 내가 하면 되는데……."

"저녁은 네가 만들어 줬으니까 설거지 정도는 내가 할게. 걱정하지 않아도 이제 거의 다 끝났어."

하루는 익숙한 움직임으로 프라이팬을 닦고 있었다. 식기류는 이미 전부 식기세척기에 넣은 것 같았다.

이미 너무 늦었다.

전부 보이고 말았어.

평소 요리 같은 건 하지 않는 내 무참한 주방의 모습을——.

"저, 저기 말이지…… 오, 오해다? 평소엔 좀 더 제대로 정리 같은 것도 생각하면서 하는데, 오늘은 상태가 좀 안 좋아서."

"……아아."

혼자서 변명을 시작한 내게 하루는 이해했다는 듯 고개를 끄덕였다.

"하긴 좀 어수선하긴 하더라. 쓴 것도 다 꺼내져 있고 남은 재료도 그대로고. 평소에 요리하지 않는 녀석이 쓰고 난 후의 주방 같았어.”

“으…… 거기까지 아는 거야?”

“그럼 알지.”

“그, 그럼 설마, 재료 장보기를 전부 하야시다한테 부탁했다는 것도……!”

“……그건 전혀 눈치 못 챘는데.”

아뿔싸!

쓸데없는 것까지 이실직고해 버렸어!

“넌 또 하야시다 씨를 부려먹기나 하고…….”

“어, 어쩔 수 없잖아! 장을 보는 연습은 하지 않았어! 이 근처에 슈퍼가 어디 있는지도 잘 모르고.”

“그럼 나한테 물어봐. 그 정도는 알려 줄 테니까.”

한숨 섞인 목소리로 하루는 프라이팬을 치웠다.

설거지도 정리도 깔끔하게 끝난 것 같았다.

“으, 으으…… 웃고 싶으면 웃어. 허세 부린 주제에 마무리가 어설픈 아가씨라고 생각하고 있지?”

“생각 안 해.”

하루가 말했다.

“아니, 조금은 생각하지만.”

“어느 쪽이야…….”

“허술하다고는 생각했지만 웃기진 않아. 아까 그 저녁은…… 정말 맛있었으니까. 그건 분명 리오가 만든 거지?”

“으, 응.”

"그럼 충분해. 충분히 대단한 일이야."

상냥한 미소를 지으며 말했지만, 그러나 금세 짓궂은 얼굴로 변한다.

"고등학교 시절부터의 성장을 생각하면 정말 눈물이 날 정도야. 네가 얼마나 피나는 노력을 해왔을지…… 그리고 널 가르쳤을 하야시다 씨가 얼마나 고생했을지."

"뭣…… 뭐, 뭐야! 무시나 하고!"

발끈해서 화를 내자 하루가 쿡쿡거리며 웃는다.

"그…… 뭐냐. 요즘은 여자가 집안일을 해야 하는 시대도 아니고 너도 가정주부가 아니잖아. 요리라든가 가사 같은 건 각자 나눠서 분담하자고."

그리고 작게 숨을 내쉬고는 그렇게 말했다.

"……흥, 그거야 당연하지."

하루의 따뜻한 말은 기뻤지만 거기서 나는 그만 건방진 태도로 대답하고 말았다.

"그래도…… 내 쪽이 더 연상이고 알바도 안 해서 시간적 여유가 있으니까 좀 더 집안일을 해줄까 생각했을 뿐이야."

"그거 참 감사하네. 뭐, 그 부분도 차차 의논해서 결정하자고. 이런 건 본인들에게 맞는 시스템으로 하는 게 가장 좋을 테니까, 아마."

"……그래, 일단은 부부니까 둘이서 합을 맞춰야지."

그리고 난 말했다.

"'결혼은 이인삼각으로 하는 마라톤 같은 것'이라고 하니까."

"……그런 말을? 누가?"

"누가 그랬어."

"어쩐지 어설프네."

"어설픈가?"

"응. 결혼 경험도 없는 녀석이 상상만으로 말할 법한 얄팍한 비유 같아."

"……너 지금 이 자리에 없는 누군가에게 굉장한 상처를 입혔어."

우여곡절 끝에── 신혼 생활 첫날이 끝났다.

뭐라고 할까…… 첫날부터 사건이 너무 많았다.

이대로 정말 괜찮은 걸까 싶지만, 그래도 둘이서 보조를 맞춰 갈 수밖에 없겠지.

결혼은 이인삼각으로 하는 마라톤 같은 거니까.

제2장 속옷 소동

✳

　신혼 생활 둘째 날 저녁.

　대학에서 돌아온 후—— 나는 리오에게 세탁기 사용법을 알려 주고 있었다.

　"——세제는 여기에, 유연제는 여기에 넣어. 뚜껑을 닫고 나서 마지막으로 이걸 누르면 끝."

　"그렇구나. 대강은 알겠어."

　알아들었다는 듯 고개를 끄덕이는 리오.

　"정말 알았어?"

　"알았다니까. 무시하지 말아 줄래? 빨래 방법도 제대로 배워 왔어."

　자신만만하게 가슴을 편다. 하야시다 씨에게 배운 신부수업으로 요리, 청소, 세탁 등 웬만한 가사는 마스터했다고 본인은 말했다.

　어디까지나 본인이 하는 이야기니 어디까지 진심으로 받아들여야 할지는 모르겠지만.

　"원래라면 오늘 청소하는 김에 다 끝내고 싶었는데 사용법을 잘 몰라서. 우리 집에 있던 거랑은 다르게 작기도 하고 저렴해 보여."

　"혼자 사는 데엔 이 정도면 충분해."

한 해 동안 애써준 구형 세탁기(용량 5kg)의 명예를 위해 일단 반박을 넣어두었다.

참고로.

오늘 리오 쪽은 대학이 쉬는 날이라면서 하루 종일 집안 청소나 본인의 짐 정리를 하고 있었던 것 같다.

"됐어, 됐어. 오늘 강의는 안 나가도 되는 거니까."

뭐, 엄밀히 말하자면 쉬는 날은 아니라는 것 같았지만.

으음. 뭐, 딱히 상관은 없지만.

사람마다 각자의 대학 생활이 있는 거고. 하지만 어제 이 녀석의 이수 계획표를 받아서 봤더니…… 믿을 수 없을 정도로 썰렁했다.

어떻게 하면 대학을 안 갈 수 있을까 하는 목적만으로 만들어진, 어쨌든 유급만 하지 않으면 그만이라는 생각이 고스란히 전해지는 그런 계획표.

뭐라고 할까.

서로 대학생이니 상대에게만 가사를 맡기기엔 미안하다고 생각했지만…… 좀 더 맡겨도 괜찮겠다 싶은 생각이 들었다.

"세탁기 사용법만 알면 남은 건 괜찮아. 내일부턴 확실하게 해 놓을게."

"잘 부탁할게. 말해두겠지만…… 세제 한 통을 전부 쏟아붓는다거나 하는 과감한 실패는 필요 없으니까."

"할 리가 없잖아, 그런 짓을."

"하하, 그렇겠지."

"그래. 난 똑같은 실수를 두 번이나 반복하지 않아."

"……하하."

한 번은 한 거냐.

아마…… 한 거겠지. 본가에서.

그리고 하야시다 씨가 또 열심히 청소했겠지…… 고생하시는 구나.

"참고로 하루는 빨래할 때 뭔가 신경 쓰는 게 있어? 세제는 어떤 게 좋다든가, 뭘 나눠서 빤다든가."

"일체 없어. 세제도 섬유유연제도 싼 걸로 적당히 사고 있고. 옷도 조심해서 빨아야 할 만큼 비싼 건 없으니까 마음대로 해도 돼. 그쪽이 신경 쓰는 게 있다면 거기에 맞출게."

"오케이. 알았어~."

"그리고 말인데…… 내 속옷은 어쩔 거야?"

이 집에서 나오는 빨래에는 당연히 내 속옷류도 포함된다.

남자가 하루 종일 입은 속옷.

남자 친구나 남편 것이라면 저항 없이 만지는 여성도 많겠지. 하지만 우리는 가면부부. 편의상 아내 역을 해주고 있는 상대에게 자신의 속옷 세탁까지 맡기는 건 내키지 않았다.

"네가 싫다면 내 속옷만 나눠서 내가 빨게."

"돼, 됐어. 그렇게 번거롭게 할 필요 없어."

살짝 부끄러워하는 리오.

하지만 곧 그런 모습을 보인 것이 분했는지 강한 어조로 말을 잇는다.

"손빨래라면 몰라도 한꺼번에 세탁기에 넣는 것뿐이잖아? 그런 걸로 속옷이 어쩌니 하면서 의식하는 게 더 이상해. 애초에 속옷 같은 건 그냥 천 조각이고. 천·조·각."

"……아아, 그러냐. 그럼 부탁할게."

"하여튼 이상한 소리 좀 하지 마. 기분 나쁘게."

"기분 나쁘다니 뭐야. 난 널 신경 써서……."

"그 배려가 기분 나쁘다는 거야. 아~ 싫다 정말. 속옷 정도로 하나하나 의식하다니. 사춘기 애도 아니고."

"윽……."

"난 어디의 누구와 달리 이제 어엿한 어른이니 남자 속옷 정도로 허둥대면서 당황하지 않거든. 뭐, 도저히 네가 창피해서 못 참겠다면 알아서 세탁하시든가요~."

승자의 얼굴로 그렇게 말하고는 탈의실에서 나가버린다.

홀로 남겨진 나는 주먹을 꽉 쥐고 굴욕을 참을 수밖에 없었다.

하지만── 난 아직 알지 못했다.

이 굴욕의 속옷 논쟁은 후에 일어날 대소동의 서막에 불과하다는 것을.

다음 날 새벽.

오늘 오후부터 수업이 있다던 리오는 서둘러 세탁기를 돌리고 있었다.

내가 나갈 준비를 하는 동안 그 옆에서 세탁이 끝난 세탁물을 빨래걸이에 걸고는 베란다로 가져간다. 신부수업을 해온 보람은 있는지 다소 어설픈 감은 있어도 별 문제없이 하고 있는 것 같았다.

"……음?"

나가기 전 세면대 거울에서 몸단장을 하다가── 어떤 것을 발견했다.

욕실과 화장실 사이의 문틈.

그곳에 사각으로 된 빨래 걸이가 놓여 있고, 수건이 걸쳐져 있었다.

근데 약간 수건의 상태가 묘하다.

수건이 빨래 걸이의 바깥쪽을 감싸듯이 널려 있었다.

마치 안에 널어놓은 걸 숨기려는 듯이.

음? 뭐지 이건? 빨래가 맞는 것 같긴 한데 베란다로 가져가는 걸 깜빡한 건가?

"……어쩔 수 없지."

일일이 지적하기도 좀 그렇고 가져다주자. 근데…… 대체 왜 이렇게 말리는 거야? 이러면 바람도 안 통해서 마르기 힘들 텐데.

그만 궁금해진 나는 수건을 걷어 그 안을 들여다보고 말았다. 그리고── 엄청나게 놀랐다.

"──읏."

걷은 수건 안쪽에서 보인 것은 잡다한 여성 속옷들.

단적으로 말하자면 브래지어와 팬티.

검정과 보라를 기조로 섬세한 자수가 들어가 있었다.

뭐랄까, 상당히 어른스러운 속옷이었다.

"…………."

꿀꺽하고 침을 삼켰다.

이거…… 리오의 속옷이지?

저 녀석, 이런 야한 속옷을 입고 있었던 건가. 그보다…… 크지 않나? 브래지어. 대체 사이즈가 몇이야……? 작은 수박 정도는 들어갈 것 같은데.

아아, 그런가.

속옷이라서 이렇게 숨기듯이──.

"──꺄아악?!"

충격으로 몸이 굳은 나머지 한참 동안 속옷을 바라보고 있었는데── 그런 최악의 타이밍에 리오가 세면대에 모습을 드러냈다.

"뭐, 뭐 하는 거야, 너?!"

수치심에 물든 얼굴로 그렇게 외치더니 허둥지둥 옷걸이째 속옷을 회수한다.

팔로 감싸듯 숨기며 원망스러운 눈빛으로 이쪽을 바라본다.

"최악이야……. 남의 속옷으로 뭘 할 셈이었어……?"

"아, 아니야! 일부러 그런 게 아니라……. 안이 안 보이길래 뭔가 싶어서."

"그렇다고…… 그렇게 뚫어져라 볼 것까진 없잖아."

"뚜, 뚫어져라 본 적 없어!"

아니…… 사실 무심코 그렇게 봤을진 모르겠지만.

리오는 불쾌함을 감추려고도 하지 않은 채 기가 막힌다는 어조로 말을 이었다.

"여자 속옷은 베란다에 널기 싫어서 여기 널어뒀다가 건조기를 쓸 생각이었어. 그래서…… 네가 못 보게 수건으로 가려뒀던 건데."

"……미, 미안."

"하아, 최악이야. 그보다…… 상식적으로 생각해서 그 정도도 몰라? 여자가 속옷을 널 땐 이렇게 하는 게 상식이잖아? 대체 왜 모르는 건지―."

"…………."

"뭐, 모르겠지. 너 공부는 잘하는데 이런 쪽은 꽉 막혔으니까. 아아, 이래서 연애 경험 적은 남자는 싫다니까. 여자의 생태를 전혀 이해하질 못하잖아."

"…………."

이때다 하고 트집을 잡는 리오를 보며…… 점점 짜증이 치밀었다.

아니, 뭐 이건 내가 잘못한 게 맞긴 하지만.

그래도―― 그렇다고 해서 이렇게까지 말할 필요는 없잖아?

애초에 상식이라고 해도…… 어차피 넌 하야시다 씨한테 배웠을 뿐이잖아. 정작 본가에서는 하나부터 열까지 남에게 시켜왔던 주제에 무슨 상식 운운이야.

어젯밤의 팬티 소동 때부터 살짝 스트레스가 쌓였던 나는.

"……뭐, 미안하게 됐어."

이쯤에서 한 수 반격에 나서기로 했다.

"설마 네가—— 속옷 하나로 이 정도까지 창피해할 줄은 몰랐지."

"……뭐?"

"널어놓은 속옷을 남자가 본 정도로 꽤나 귀여운 비명을 지르잖아. 꼭—— 사춘기 애마냥."

"무슨……."

"남한테는 속옷 정도로 의식하는 게 기분 나쁘다고 했던 주제에 자기는 아주 난리를 피우네."

"……읏! 나, 남자랑 여자는 달라. 남자와 달리 여자는 자기가 쓰는 속옷을 남자에게 보이면 불쾌한 법이라고."

"그건 알아. 하지만…… 우린 일단 결혼한 거잖아? 위장결혼이라고는 해도 함께 사는 것에는 그쪽도 이미 승낙했어. 좁은 집에서 둘이 산다고 하면…… 널어놓은 속옷을 상대방에게 보이는 것 정도는 어느정도 예상했어야 하는 거 아닌가?"

"……너, 너도 그렇잖아? 자기도 나한테 팬티 빨래시키는 거 부끄러워했으면서."

"아아, 부끄럽지. 어쨌든 내 경우엔—— 사용이 끝난 팬티니까. 비위생적인 걸 너에게 빨게 하는 건 미안하다고 생각해서 그런 거고. 근데 지금 건…… 빨래가 끝난 속옷을 내가 본 것뿐이지? 만진 것도 아니고 그저 본 것뿐."

상당히 억지스러운 논법이라는 건 스스로도 알고 있었다.

하고 있는 말 역시 궤변 중의 궤변.

널어놓은 속옷을 봤다고 해서 소란 피우지 마라, 라는 건 상당히 성범죄자스러운 주장이었다.

하지만 어젯밤의 팬티를 둘러싼 대화—— 그 연장선상이라면 간단했다.

신나게 떠들어 댔던 트집들 전부가 지금 이 녀석 본인에게 향하고 있었다.

"속옷 같은 건, 그저 천 조각 아니었던가?"

"……읙?!"

리오가 분노에 찬 얼굴로 눈을 부릅뜬 채 이쪽을 노려보았지만 반박할 말은 나오지 않았다. 자신이 한 말을 돌려받았으니 대꾸할 말이 떠오르지 않는 거겠지.

"날 남자로 보지 않는다더니, 설마 널어놓은 속옷을 본 정도로 이렇게까지 얼굴을 붉힐 줄은 몰랐지."

"…………."

"뭐, 아무튼 이번 건은 내가 잘못했어. 사과할게. 정말로 미안. 배려가 부족했다. 입으로는 열심히 여유를 부리고 있어도 너도 순진한 처녀였다는 거겠지. 속옷에 관해서는 앞으로 조심하도록 할게."

시간 됐으니까 나가볼게.

거기까지 내뱉고, 나는 세면대를 뒤로하고 집을 나섰다.

속으로는 승리의 포즈.

이겼다.

멋지게 갚아줬다.

사람을 무시하니까 벌을 받는 거라고.

후련한 기분으로 걸어가는 나였지만──, 후일 깨달았다.

이 한때의 우월감으로 특대의 지뢰를 밟았다는 사실을.

타마키 리오라는 여자의 성품.

당하면 그대로 갚아줘야 직성이 풀리는 높은 자존심.

아니, 철딱서니 없는 성품을,

나는 소꿉친구인 주제에 완전히 잊고 있었던 것이다.

짜증 나!

뭐야…… 대체 뭐야, 저 녀석?!

왜 남의 속옷을 봐놓고 저렇게 잘난 듯이 말하는 건데?!

저 '논리로 이겼다'라는 얼굴! 아아~ 짜증 나!

하루는 옛날부터 저래! 쓸데없이 머리는 좋아서 논리적으로 생각하고, 내가 감정적으로 적당한 발언을 할 때도 '아니, 그건 논리적으로 생각하면 이상하잖아'라면서 진지한 발언을 해서 분위기 싸하게 하고!

그러니까 나 말고는 전혀 인기가 없는 거야, 이 고지식하고 음침한 망할 동정남!

얼굴도 의외로 잘생겼고 상냥한 부분도 잔뜩 있는데 나 이외의 여자는 전혀 그 매력을 깨닫지 못하니까, 저 녀석의 장점을 알아줄 수 있는 건 나 정도…… 가 아니라! 아니야, 그게 아니지!

애, 애초에 속옷 같은 건 그냥 천 조각이라니—— 그럴 리가 없잖아!

분위기상 한 농담을 갖고 반박에 쓰지 말란 말야!

남자의 속옷 같은 거—— 의식하는 게 당연하잖아!

오늘도 '이, 이게 하루가 입었던 팬티……!' 하고 혼자 괴로워하면서도 어떻게든 신경 안 쓰는 척 빨래를 한 건데…… 이 처사는 대체 뭐야?!

……뭐.

따지고 보면 내가 어제 필요 이상으로 팬티에 대해 놀려댄 것이 발단이라고 하면 발단일지도 모르지만—— 그래도.

그렇다고 해서 이렇게까지 되받아치지 않아도 되잖아?!

내가 한 건 애들 장난 수준의 가벼운 괴롭힘이었는데!

남자라면 그 정도는 넓은 아량으로 받아주란 말이야!

으으~…… 최악. 근데 속옷을 보인 건 난데 왜 진 것 같은 느낌이 들지? 나 피해자지? 왜 저 녀석 정색하고 덤비는 거야?

하아…… 정말이지, 이왕 보일 거였으면 좀 더 남자한테 인기 있을 법한 귀여운 걸 넣어놓을걸. 근데 나 정도의 가슴이라면 세트로는 저런 디자인밖에——가 아니라! 이게 아니라!

아무튼.

남의 속옷을 본 주제에 저런 능청맞은 모습이라니…… 절대 용서할 수 없어.

이대로 이기고 도망치게 누가 놔둘 줄 알고!

갚아주겠어!

이 굴욕은 몇 배로 갚아줄 거야!

기필코, 날 보란 듯이 의식하게 해주겠어!

그날 밤——.

기다란 욕조에 들어가 꼼꼼하게 몸을 씻은 나는 하루 종일 생각했던 작전의 최종 확인을 하고 있었다.

뇌내 시뮬레이션도 해뒀고…… 응, 할 수 있겠어!

"……좋아."

작은 다짐 소리와 함께 욕실에서 탈의실로.

목욕 타올로 몸을 닦고 있는데 눈앞에 있는 거울이 눈에 들어왔다.

……응.

역시, 나 꽤 괜찮은 몸인 것 같아.

자화자찬까지는 아니지만…… 뭐라고 할까, 굉장히 여자다운 몸이라고 생각한다. 특히 눈에 띄는 건—— 역시 가슴. 스스로는 방해로만 여겨지는데 남들이 보기에는 부러움을 사는 것 같다. 하야시다에겐 종종 '절반만이라도 좋으니까 나눠줬으면 좋겠습니다'라는, 어디까지가 진심인지 알 수 없는 말을 듣는다.

응, 괜찮아.

난 아마 남자가 좋아할 만한 스타일을 하고 있어.

그러니까—— 그 녀석도 분명 내게 관심이 있을 거야……!

그런 내가 목욕을 마치고 과감한 모습을 하고 있으면 틀림없이 시선을 빼앗길 거다──.

"······으."

솟아나는 망설임을 애써 참고 나는 행동을 개시했다.

준비해둔 속옷을 입고 그 위에 헐렁한 실내복 셔츠를 입었다.

거기서 끝.

실내복 하의는── 입지 않았다. 애초에 가져오지도 않았다. 갖고 오면 마지막 순간에 마음이 약해질 것 같았으니까.

"······으아."

거울에 비친 모습을 보고 살짝 당황했다.

그곳에 비친 것은── 하의만 실종된 여자. 넉넉한 셔츠를 최대한 아래로 늘리니 간신히 팬티는 보이지 않게 됐지만…….

그래도, 상당히 아슬아슬했다.

위험해. 어쩌지.

뭔가…… 생각보다 너무 야한데.

팬티를 완전히 드러내는 것보다 오히려 더 야한 것 같아.

으으…… 역시 그만두──면 안 되지! 여기까지 와서 포기할 순 없어.

이건 여자의 존엄성을 건 싸움이니까!

그보다…… 실내복 하의 안 가져왔으니까 애초에 되돌릴 수도 없어.

"······아, 아아~ 실수했네."

각오를 다진 나는 미리 몇 번이나 시뮬레이션했던 대사를 외치며 탈의실을 나와 거실로 향했다.

하루는 소파에 앉아 폰을 만지고 있었다.

"실내복 하의 가져오는 걸 깜빡했네."

"하의……? ……뭣?!"

반사적으로 이쪽을 돌아본 하루가 눈을 동그랗게 뜨며 깜짝 놀랐다.

불타오를 것처럼 얼굴을 붉히더니 황급히 눈을 돌린다.

기대했던 반응이었다.

"너, 너 대체, 뭐 하는 거야……?"

"그러니까 말했잖아? 하의, 가져오는 걸 깜빡하고 목욕을 해 버렸다고."

훗훗훗. 부끄러워한다, 부끄러워해.

제대로 이쪽을 보지도 못하는 것 같네.

"갈아입을 옷을 깜빡했으니까 속옷만 입은 채로 가지러 갈 수밖에 없잖아? 누구라도 그렇게 하겠지. 너도 그렇게 할 거지?"

"……내, 내가 여기 있는 거 알고 있었잖아……?"

"응, 알고 있어. 그래서? 그게 뭐? 전부터 말했지만 난 네가 본다 한들 아무 느낌도 없어."

"……윗."

"근데 너한테는 좀 자극이 강했으려나? 우후후, 딱히 속옷이 보이는 것도 아닌데. 순진하긴."

이겼다는 듯 말하면서…… 살짝 아래를 확인. 좋아, 괜찮아, 안 보여. 제대로 아슬아슬할 정도로 숨겨져 있어.

"뭐, 별로 본다고 해서 신경 쓰이진 않아. 그도 그렇게 속옷 같은 건—— 그저 천 조각일 뿐이니까."

"큭……."

굴욕에 얼굴을 일그러뜨리면서도 제대로 이쪽을 보지 못하는 하루. 그러면서 억누를 수 없는 반사적 행동인지 힐끔힐끔 하반신 쪽으로 시선이 향한다. 보일 듯 안 보이는 하반신에 관심이 아주 많은 것 같다.

민망해한다. 수줍어하고 있어.

나라는 여자를 한껏 의식하고 있어.

아아, 속 시원해. 여자로서의 자존심이 충족되는 것 같아.

훗훗훗, 한 방 먹었구나, 하루 녀석.

날 무시하니까 이런 일을 당하는 거라고!

복수를 마친 나는 후련한 기분으로…… 서둘러 갈아입을 옷을 가지러 갔다. 슬슬 엉덩이가 서늘해서 추워.

그보다…… 엉덩이를 다 드러내놓고 대체 뭘 하는 거야, 나는? 냉정해지고 보니 무슨 짓을 하고 있는지 의미를 모르겠어……. 아니, 냉정해지면 지는 거야. 지금은 그저 이 기분 좋은 승리를 만끽하자.

거실을 지나 침실로 향하려던—— 그때였다.

"……아아, 그러냐."

굴욕에 몸을 떨던 하루가 천천히 고개를 들었다.

"네 말이 맞네. 속옷이 보이는 것도 아닌데 너무 오버했지. 그쪽이 봐도 신경 안 쓴다면—— 나도 평범하게 있지, 뭐."

차분한 어조로 말하며 소파 뒤로 몸을 젖힌다.

그리고── 봤다.

내 쪽을 당당하게 마음껏 보기 시작했다. 아까까지의 힐끔거리던 시선이 아니라 보는 걸 숨기려 하지도 않고 응시해온다.

"뭣……! 자, 잠깐……."

예상치 못한 열렬한 시선을 받은 난 반사적으로 하반신을 가리는 행동을 취하고 말았다. 셔츠 자락을 잡아당겨 보이지도 않는 속옷을 필사적으로 감춘다.

하지만 그것이 실책이었다.

하루가 의기양양하게 웃는다.

"뭐야, 꽤나 창피해 보이는데?"

"……읏!"

"내가 봐도 아무렇지 않은 거 아녔어?"

"……그, 그렇다고 해도, 여자가 이런 차림을 했을 땐 보지 않는 게 남자로서의 매너 아닌가?"

"말을 할 땐 똑바로 상대를 보라고 부모님께 배워서 말이야."

"……아, 그러셔. 교육을 잘 받은 도련님이네."

필사적으로 빈정거려 봤지만 속으로는 완전한 패닉.

어, 어쩌지. 완전히 예상 밖이야.

설마 하루가 이런 식으로 반격해 오다니……!

"왜 그래, 리오? 창피하면 무리하지 않아도 되는데. 빨리 갈아입을 옷 가지러 가지 그래. 뭣하면 내가 가져다줄까?"

승리를 확신한 듯한 도발적인 말투에── 머리로 피가 확 몰렸다.

"……신경 써줘서 고맙네. 하지만 걱정 안 해도 돼."

다리 사이를 가리고 있던 손을 치우고 우아한 손짓으로 머리를 쓸어 올렸다.

"난 전혀 아무렇지 않거든. 차라리 잠깐 이 모습으로 있을까?"

"……아아, 그러냐. 좋을 대로 하든가."

울컥한 얼굴로 말하면서도 하루는 역시 시선을 보내왔다. 뜨거운 시선이 쏟아지는 탓에 온몸이 지글지글 타는 것 같은 기분이었다.

하지만 여기서 후퇴할 수는 없어.

그야—— 부끄러운 건 하루도 마찬가지일 테니까.

애써 태연한 얼굴을 유지하고 있는 것 같지만 얼굴은 처음부터 계속 붉은 채다. 내 민망한 모습을 계속 주시하는 것에 상당한 정신력을 소비하고 있는 것이 분명했다.

이건—— 먼저 후퇴하는 쪽이 지는 승부!

"어, 얼굴이 빨간데. 너무 무리하는 거 아니니?"

"……그, 그 대사, 고스란히 돌려주지."

서로가 궁지에 몰린 형상으로 노려본다.

여유로움을 어필하기 위해서 가슴을 펴고 팔짱을 끼려고 했는데—— 거기서 해프닝이 벌어졌다.

셔츠의 밑단이.

자세를 바꾼 탓에 밑단이 딸려 올라가 팬티가 보일락말락 하고 있었다.

큰일났다……. 하지만, 이 상태에서 당황하면서 자세를 바꾸면 창피해하고 있는 걸 들킬 텐데. 근데 이대로 있으면 팬티가 그대로……. 어쩌지. 어쩌지 어쩌지 어쩌지.

혼자 멋대로 위기에 빠진 난 무심코 뒷걸음질을 쳤고, 거기서 발이 꼬여 버렸다.

"──꺄, 꺄악!"

털썩하고 성대하게 엉덩방아를 찧었다.

"어, 어이. 괜찮──우왁!"

하루는 반사적으로 달려오려 하다가 도중에 크게 몸을 젖힌다. 그 화려한 반응에 나는 깨닫고 말았다.

넘어져서, 내가 얼마나 위험한 자세를 하고 있는지.

뒤로 엉덩방아를 찧은 탓에 다리가…… 뭐라고 해야 하나, M 자로 벌려져 있었다. 그리고 하의는 팬티밖에 입지 않은 상태라면──.

"~~윽!"

황급히 감추기에도 이미 한참은 늦었다.

하루는 정말로 민망해 보이는 얼굴로 시선을 돌리고 있었다.

"봐, 봤어?"

"……아침에, 널어놨던 녀석이네."

"~~~웃."

완전히 보여 버린 것 같았다.

우와…… 최악.

왜, 왜 이렇게 흉한 꼴을 보여 버린 거야…….

"으으…… 이제, 시집 못 갈 거야."

"……이미 왔잖아."

위장결혼이지만, 하고.

하루는 농담 섞인 정정을 하면서도 내게 손을 내밀어 일어나는 것을 도와주었다.

참고로 그 후의 속옷 문제에 대해서는.

하루는 오늘 아침 나가기 전 나를 이겨서 분명 우쭐해 있을 거다…… 라고만 생각했는데, 남녀의 동거에 대해 여러 가지로 조사를 해준 것인지 대학에서 돌아오는 길에 세탁 파우치라는 것을 사 왔다는 사실을 알게 되었다.

안에 속옷을 넣고 빨거나 말릴 수 있는 유용한 물건으로, 게다가 동거인에게 그 내용물을 보이지 않을 수 있었다.

요컨대 실내에서 건조를 시켜도 하루의 눈에는 거의 들어오지 않는다는 것.

이쪽이 열심히 복수 계획을 짜는 동안…… 하루는 나와의 생활에 대해 진지하게 생각해 준 것이다.

……뭐야 진짜! 너무 우수해서 화가 날 지경이야!

정말 싫은 남자라니까!

제3장 이인 회식

하루와의 신혼 생활을 시작한 지 며칠이 지난 어느 날.

나는—— 본가로 돌아가게 되었다.

"하아~ 역시 내 집이 제일 편하네~."

"4일밖에 안 지났는데 무슨 소릴 하는 건가요."

스무 살 때까지 지냈던 내 방의 고급 소파에 앉아 편히 쉬고 있는데, 홍차를 가져다준 하야시다가 어이없다는 투로 반박을 해왔다.

"벌써 돌아오신 건가요? 정말 짧디짧은 신혼 생활이었군요."

"아니야. 오늘은 짐을 찾으러 온 것뿐이야."

타마키가의 저택은 하루의 맨션에서 차로 한 시간이 채 안되는 곳에 있었다.

오늘은 버스를 이용해서—— 마중에 의지하지 않고 대중교통인 버스를 이용해서 본가로 돌아온 것이다.

훗.

우수한 나는 벌써 버스 이용도 마스터했다는 거지. 이걸로 더는 세상 물정 모르는 아가씨라는 말과도 작별이야!

"짐 같은 건 최소한으로 하는 게 좋을 거라 생각했는데⋯⋯ 막상 살아보니까 역시 필요한 게 이것저것 나오더라."

특히 이번에 필요했던 건 드라이기.

하루의 집에도 있긴 하지만…… 적당히 고른 싸구려 제품이라 풍력도 약하고 여성에게는 좋지 않아. 머리가 전혀 안 말라. 우리 집에서 쓰던 걸 가져가자.

"……그렇군요. 돌아온 건 제 쪽이었죠. 의기양양하게 사표를 던져버린 직장에 결혼이 무산되었다고 염치없이 돌아오는 낯 두꺼운 여자는 바로 저였죠."

"아니, 본인이 말했으면서 본인이 풀 죽지 마……."

자학 개그를 칠 거면 끝까지 개그로 넘겨야지.

진지하게 상심하지 말아줘.

"하루 님은 오늘 대학에 가시나요?"

"응, 아침부터 빼곡하게 강의가 들어 있다나 봐. 오후엔 도서관에서 자격증 공부하고 저녁엔 세미나 모임이 있어서 식사도 필요 없다던데."

"자격증…… 그러고 보니 하루 님은 올해 택건 자격증을 받으신다고 하셨죠."

"응, 재학 중에 부동산과 관련된 자격증은 딸 수 있을 만큼 딴다고 했어."

택건── 택지 건물 거래사 자격증.

나도 자세히는 모르지만 부동산과 관련된 일을 하려면 필수적인 자격이라는 것 같다.

하루의 본가── 이스루기 그룹은 본래 이 근처 일대의 지주 집안.

지금은 광범위한 사업을 하고 있지만 가장 주력하고 있는 것은 부동산 사업이다.

하루도 장래 이스루기 그룹에서 부동산과 관련된 일을 하라는 명령을 받은 것 같았다.

그런 장래를 향해 지금부터 차근차근 준비하고 있는 것이리라.

정말이지…… 지나칠 정도로 성실한 녀석이라니까.

"정말 훌륭하죠, 하루 님은."

감탄했다는 듯 하야시다가 입을 열었다.

"어린 시절부터 성적도 우수해서 그 어렵다는 대학에 한 번에 합격하고, 대학에 들어가고 나서도 눈 돌리지 않고 아르바이트나 면학에 힘쓰면서 착실하게 스스로의 능력을 함양하고 있어요. 이스루기 그룹에 들어갈 미래를 내다보고 빈틈없이 노력하고 있는 거겠지요. 나이는 어리지만 절로 존경심이 들어요. ……이 세상에는."

날 빤히 바라본다.

그 눈동자에는 경멸과 연민의 감정이 가득 담겨 있었다.

"부모님의 지인이 경영하는 사립 대학에 연줄로 들어간 주제에 강의를 빼먹고 유급이나 하는 철없는 아가씨도 있는데."

"시, 시끄러워! 대학 같은 건 졸업만 하면 돼!"

열심히 반론해 봤지만…… 본인 입으로 말하고도 부끄러울 정도로 철없는 인간의 전형적인 대사가 아닌가, 라는 생각이 들었다.

아니, 아니야.

하루가 너무 성실하니까 내가 상대적으로 철없는 인간처럼 보일 뿐이지! 난 지극히 평범…… 아니, 그 평범에 조금 못 미치는 수준이니까…… 아직 되돌릴 수 있는 수준이야!

"……하루가 바쁜 건 알고 있어. 알바도 잔뜩 하고 자격증 공부도 매일 하고……. 그래서 나도 그만큼 집안일을 열심히 하려고 하는 거잖아."

"훌륭한 마음가짐이에요. 그 리오 님이 본인의 입으로 집안일을 열심히 한다고 하시다니…… 이것도 사랑을 이루기 위한 과업이군요."

"그래, 사랑을…… 아니, 아냐 아냐! 그러니까 그 말이 아니라니깐!"

고개를 끄덕이려다 당황하며 부정했다.

위험했다, 위험했어. 유도신문에 걸릴 뻔했어.

"난 이미 그 녀석에게 아무 감정 없다고 몇 번이나 말했지? 집안일을 해주는 건…… 그래. 나랑 결혼하는 바람에 성적이 떨어졌다는 말을 듣기 싫어서야!"

"고집부리시긴. 두 분은 한때 사귀었던 사이죠? 옛 연인끼리 한 지붕 아래에서 동거를 시작했다면 다시 불이 붙어도 이상하지 않을 것 같은데요."

"없어, 없어! 재결합이란 있을 수 없어! 우리는 이미 완전히 끝났다고!"

필사적으로 반론한다.

"애, 애초에 하루 녀석, 완전 건방져! 비아냥대는 말이나 하고 시비나 걸어대고!"

"……추측으로 하는 말이지만 하루 님이 시비를 걸었다면 그 이유는 리오 님이 먼저 시비를 걸었기 때문이 아닐까 싶은데요."

"연하 주제에 전혀 날 공경하지도 않고! 계속 반말이나 쓰고!"

"반말에 관해서는 예전에 리오 님이 써달라고 부탁하셨죠? 언제부턴가 하루 님이 존댓말을 쓰면 펑펑 울면서 '존댓말 쓰지 말라니까'라면서 소리치고."

"퍼, 펑펑 운 적 없어! 조금, 아주 조금 운 것뿐이야!"

아아, 정말. 이렇다니까 하야시다는!

내 흑역사를 전부 다 알고 있으니까!

"……그, 그야 하루 녀석이 중학교 들어가자마자 갑자기 존댓말을 쓰니까……."

"중학생이라면 흔히 있는 일이죠."

"그런 식으로 갑자기 서먹해지면 서, 서운한 게 당연하지!"

"그렇군요. 그러니까 그 시기부터 이미 리오 님은 사랑에 빠져 있었다는 거네요."

"뭐엇? 으…… 아니, 으으…… 뭐, 솔직히 한때 그런 감정이 있었다는 걸 인정하지 않는 건 아니지만."

그것만큼은—— 부정할 수 없다.

우리가 마음이 통한 끝에 서로 맺어져 커플이 되었다는 건 분명한 사실이니까.

"하지만—— 전부 옛날 얘기! 다 끝난 얘기야!"

"하아. 그런가요. 그럼 뭐 그렇다고 해두죠. 리오 님이 되돌아갈 생각은 없다, 라는 걸로요."

하지만, 하고 하야시다가 말을 이었다.

"만약 하루 님이 '돌아가고 싶다'라고 말하면, 어떻게 하실 건가요?"

"어…… 하, 하루가?"

"그분이 아직도 실연을 잊지 못해서 그쪽에서 먼저 재결합을 원한다면── 가면부부가 아니라 진짜 부부가 되어 달라고 한다면, 리오 님은 어떻게 하실 건가요?"

"그, 그건…….'

하루가 내게 미련이 있다고?

설마, 그럴 리가.

만약에.

만약에 하루가 다시 시작하고 싶다고 말해 준다면──.

"……뭐, 그땐 다시 생각해 볼 수도 있지만…….'

"그렇다면 역시."

"아니, 생각해 본다고 말한 것뿐이야! 그쪽이 울면서 사과하고 부탁하면 조금 정도는 생각해 볼 수도 있다는 뜻!"

"……그래요. 대충 파악은 했습니다. 단순한 듯 복잡하지만, 그러면서도 역시 단순한 두 분의 관계성을."

그렇게 말하며 하야시다가 쓴웃음을 지었다.

"조금만 더 솔직해진다면 좋을 텐데요."

"정말 그렇다니까. 그 녀석이 좀 더 예전처럼 솔직해지면──."

"아뇨. 리오 님 말이에요."

"……난 언제나 솔직해."

"글쎄요. 딱 자신의 욕망과 자존심에 한해서만 솔직한 것 같은데요."

하야시다가 가시 돋친 어조로 말을 이었다.

"설령 하루 님 쪽에서 미련이 있다고 해도 그런 태도로 신경을 곤두세우고 뾰족하게 군다면 상대도 그럴 마음이 사라질 겁니다. 좀 더 솔직하게…… 틈을 보이는 행동을 하는 편이 좋겠죠."

체념과 친절함이 뒤섞인 듯한 말투였다.

난 그런 조언을 듣고.

"내, 내가 왜 하루를 위해 그런 짓을……."

라고 겉으로는 말했지만, 머릿속으로는 곰곰이 생각에 잠겼다.

빈틈을 보이는 행동이라…….

✳

저녁 8시가 넘은 시각.

세미나 모임에서 돌아온 나를 마중 나온 것은.

"아~ 하루 어서 와~."

약간 발그레한 얼굴과 평소와는 달리 애교 섞인 목소리였다.

리오는 헐렁한 실내복 차림으로 소파에 앉아 있다가 손에 들고 있던 잔을 보여주듯 내게 흔들어 보인다. 안에 있는 얼음이 달그락거렸다.

테이블 위에는 뚜껑이 열려 있는 위스키병과 탄산수 페트병.

탄산수가 들어간 위스키── 다시 말해 하이볼 조합이었다.

그 외에도 치즈 계열의 스낵류가 몇 가지 놓여 있다.

"너…… 술 마시고 있었냐?"

"응, 가볍게."

"…………."

"뭐야, 그 할 말 많아 보이는 얼굴은? 집안일도 다 끝났고 불평 들을 이유 없는데? 아니면 나한테는 혼자 반주할 자유도 없는 거야?"

"딱히 불평한 적 없어."

조금 의외라 놀란 것뿐이지.

헤어진 뒤로는 거의 연락을 끊었기에 술 취미까지는 모른다.

설마 혼자 저녁 반주를 할 타입이라고는 생각하지 못했다.

"후후, 난 이제 누구와는 달리 스무 살이 넘었거든. 한창 술을 즐길 나이란 말씀."

"뭐든 상관없는데 너무 많이 마시진 마라."

"어머, 걱정해 주는 거야?"

"뻗으면 수습하는 게 귀찮을 뿐이야."

"잠깐, 어디 가는 거야?"

주방에서 물을 한 잔 마시고 거실에서 나가려고 하는데, 리오가 불러세운다.

"목욕하러 갈 거야."

리오는 화장을 지운 편안한 실내복 차림—— 목욕은 이미 끝났겠지.

그러니 욕실에 들어가도 문제는 없을 터. 뭐, 뜨거운 물이 없다면 샤워만으로도 상관없고.

"하아…… 너 말야."

들으라는 듯이 한숨을 내쉬며 리오가 말했다.

"왜 그렇게 눈치 없는 짓을 하는 거야?"

"……무슨 뜻이야?"

"정말 몰라서 그래? 네…… 아, 아내가 혼자서 저녁 반주를 하고 있잖아."

날카로운 눈초리로 지그시 노려보며 살짝 토라진 어투로 말한다.

"남편이라면 잠시 어울려 주는 게 예의 아니겠어?"

그렇게 말하고는 소파 옆자리를 팡팡 두드린다.

우리 아내는 취하면 성가셔지는 타입인 것 같다.

"여기, 자 건배~."

"건배."

겹친 잔에서 가벼운 소리가 났다.

당연히 미성년자인 내가 술을 마실 수는 없었기에 잔에 든 내용물은 탄산수였다. 딱히 탄산수는 싫어하지 않으니까 상관없다. 오히려 탄산 계열의 음료 쪽이 더 마시기 어려웠다.

"하루도 성실하네. 대학생인데 술은 한 모금도 안 마시다니."

"미성년자니까 이게 평범한 거지."

"오늘 세미나에서 술은 안 나왔어?"

"우리는 술자리가 아니고 식사 모임이야. 술은 한 모금도 안 마시는 모임. 교수가 술을 안 마시는 사람이라서."

"흐음. 여전히 고지식한 대학 생활을 하고 있네~."

아무렇지도 않은 투로 그렇게 말하고는 술을 넘기는 리오.

그리고 안주로 손을 뻗는데── 그때, 심장이 거세게 뛰었다.

가슴이.

셔츠 옷깃을 밀어 올리는 풍만한 가슴이 눈에 들어오고 말았다.

우와…… 역시 크다, 이 녀석.

옆에 앉은 탓에 꽤 가까이 보였다.

게다가 지금 리오는 목욕을 마치고 상당히 느슨한 차림을 하고 있었다. 위에는 얇은 셔츠 한 장. 가뜩이나 큰 가슴이 평소보다 더 강조되어서…… 음?

잠깐 기다려 봐.

목욕을 끝냈다는 건…… 혹시, 노브라일 가능성도 있다는 뜻인가?!

거대한 과실이 포장을 벗긴 상태로 이렇게나 가까운 곳에──.

"응……? 앗."

거기서 리오가 내 시선을 눈치챈 것 같았다.

순간 반사적으로 가슴을 숨기려 하다가 곧바로 장난기 서린 얼굴로 변한다.

"……하여간. 하루도 참. 또 내 가슴 보고 있었지?"

놀리는 듯한 미소에 확 하고 얼굴이 달아올랐다.

"아, 안 봤거든."

"거짓말 거짓말. 분명 보고 있었어. 누가 봐도 대놓고."

"……만약 보고 있었다고 해도 그건 남자로서의 반사적 행동이야. 무방비하게 입은 그쪽이 나쁜 거지."

"아하하, 그게 무슨 핑계야? 무방비라니…… 앗, 설마──."

빙긋 지어보인 미소가 더욱 깊어졌다.

"목욕 후니까 노브라일 거라 생각했어?"

"……웃."

"맞혔지? 그렇구나~. 그래서 그렇게 뚫어져라 쳐다본 거니? 후훗, 정말 어쩔 수 없는 변태구나, 하루는."

누나 같은 어조로 말하면서 셔츠 목 주변에 손을 넣어 살짝 들춰 보인다.

그러자 벌어진 옷깃 사이로 검은 끈 같은 것이 들여다보였다.

"자, 나이트 브라 제대로 입고 있지?"

"나, 나이트 브라……?"

"밤에 잘 때 착용하는 살짝 느슨한 브라. 나 정도로 있으면 잘 때도 모양이 무너지지 않게 조심해야 하니까─."

나와는 인연이 먼 여성의 생태였다.

"후후후, 아쉽겠네. 노브라가 아니어서."

"……시끄러워."

히죽히죽 웃는 얼굴을 피해 고개를 돌려 버렸다.

"큰 것도 여러모로 힘들다니까~. 요즘 더 커져서 맞는 속옷 찾는 것도 일이야."

더 커졌다고?!

마음속으로 격심한 동요가 일어났지만── 강철 같은 이성의 끝으로 무표정한 얼굴을 유지했다.

왜냐하면 리오가 힐끔힐끔 이쪽을 보고 있었으니까. 야한 이야기를 하면서 동요하는 내 모습을 즐기고 있는 거겠지. 그러니 이 이상 추태를 보일 순 없었다.

"우……."

미지근한 반응이 성에 차지 않았는지 또 한 번의 추격을 가해 온다.

나와의 거리를 살짝 좁혀오더니 이쪽을 올려다보며 묻는다.

"있지……. 하루는 내가 몇 컵인지 궁금해?"

"……별로."

"꼭 원한다면 특별히 알려줄 수도 있는데―. '리오 누님, 부탁합니다'라고 말한다면 대출혈 서비스로 알려줄게."

"관심 없다고 했잖아."

사실 궁금하다. 장난 아니게 궁금해.

하지만 어떻게든 유혹을 끊어내고 차가운 목소리를 만들었다.

"정말이지…… 아무리 취했어도 이런 식으로 달라붙지 마."

"……으우~."

리오가 토라진 듯 입술을 삐죽이더니 잔에 남아 있는 술을 한 번에 들이켰다.

"아아~ 시시해. 하루는 정말 솔직하지 못하다니까."

"누가 할 말을."

"옛날에는 귀여웠는데. '리오 누나, 정말 좋아'라면서 막 안겨오고."

"……언제 적 얘기를 하는 거야?"

내가 '리오 누나'라고 부른 건 벌써 15년도 전의 이야기다.

"그립다아."

리오가 옅은 미소를 지으며 추억에 잠긴 듯한 얼굴이 되었다.

"할머니랑 같이 자주 결혼 놀이도 했었는데. 기억나?"

"……있었지, 그런 일도."

잊을 리가 없다.

부끄러워서 말할 수는 없지만── 그때의 추억은 지금도 내 마음 가장 깊은 곳에서 퇴색되지 않고 빛나고 있다.

"뭐, 우린 지금도 결혼 놀이를 하는 느낌이지만 말이야."

위장결혼. 가면부부.

서로 사랑해서 결혼한 것이 아닌 이해관계에 의한 결혼.

그야말로── 결혼 놀이가 아닌가.

"아하하. 하긴, 지금 하는 것도 결혼 놀이네."

과할 정도로 웃는 리오.

"하지만…… 옛날보다 더 못난 인간이 된 걸지도."

그러다가 갑자기 조용한 얼굴이 되어서는 말을 이었다.

"정말, 너나 나나 어른이 되어 버렸어. 마음도 몸도. 어렸을 땐…… 쉽게 '좋아해'나 '결혼하자' 같은 말을 할 수 있었는데."

그렇게 말하고는── 툭.

내 어깨에 머리를 기대왔다.

"어……."

갑작스러운 접촉에 놀랐다.

리오는 어딘가 몽롱한, 취한 듯한 눈빛으로 나를 보고 있었다.

"으음…… 좀, 취했나 보네."

응석 어린 목소리로 말하면서 좀 더 몸을 기대온다.

서로의 몸이 상당히 밀착되어서 상대의 온기나 숨결이 고스란히 느껴졌다. 머리에서는 목욕 후라 그런지 좋은 향기가 풍겨와 단숨에 심장 박동이 올라갔다.

"야, 무슨……."

"도망가지 마."

반사적으로 몸을 빼는데 내가 물러난 것 이상으로 다가온다.

허벅지 위로 손이 올라오자 체온이 훅 올라가는 느낌이었다.

"너…… 너무 마셨어."

"그럴지도. 하지만…… 이 정도는 괜찮잖아. 이럴 때밖에 하지 못하는 말도 있고."

약간의 긴장 어린 눈빛으로 리오가 말을 이었다.

"저기, 하루……? 솔직히, 나에 대해 어떻게 생각해?"

"……읏."

"하루는 이제 정말, 내가 아무렇지도 않아? 이렇게 붙어 있어도…… 아무런 느낌도 없어?"

"리오……."

아무런 느낌도 없──을 리가 없다.

눈도 얼굴도 목소리도 몸도 냄새도. 무엇 하나 매력적이지 않은 곳이 없어서 이성이나 자존심 같은 것이 송두리째 날아갈 것만 같았다.

지금 당장이라도 이성을 날려버린 채 상대를 끌어안고 싶은

충동이 일었다.

하지만──.

안타깝게도 내 이성이 그 직전에 먼저 깨닫고야 말았다.

처음부터 계속 느꼈던 위화감.

그 정체를 이제야 알았다.

알고 말았다──.

"…………."

나는 말없이, 리오가 손에 들고 있던 잔을 빼앗았다.

"앗! 아, 잠깐 기다──."

제지를 뿌리치고, 잔을 입에 가져갔다.

입안에 퍼지는 것은 하이볼의 맛──이 아니라.

비타민 계열의 에너지 드링크에 탄산수를 부은 맛이었다.

"……어쩐지 술 냄새가 전혀 안 난다 했더니."

처음부터 느꼈던 이질감── 그건 냄새였다.

리오는 꽤 마신 느낌이었는데도 돌아왔을 때 알코올 냄새는 전혀 나지 않았다. 이렇게 가깝게 다가가도 머리에서 풍기는 좋은 냄새만 날 뿐 술 냄새는 전혀 나지 않는다.

이어서 위스키병을 들고 입구의 냄새를 맡아봐도 여전히 술 냄새는 안 난다. 내용물을 바꿔치기한 것 같았다. 아마 비슷한 노란 빛깔을 띤 에너지 드링크 종류겠지.

술을 마셨다면 보자마자 알아차렸을지도 모르겠지만 미성년자에다 술을 잘 모르는 나로서는 무리가 있었다.

"내용물을 바꿔서 술을 마신 것처럼 꾸몄던 건가."

지그시 상대를 노려보았다.

"이상한 술수나 쓰고. 대체 무슨 생각이야?"

"……훗, 후후후……."

처음에는 고개를 숙이고 있었지만 조금씩 웃음소리가 들린다 싶더니.

"……아하하하! 자, 잘도 간파했네! 칭찬해 줄게!"

어느새 얼굴색을 바꾸고 웃는다.

"아아~ 좀 더 네 한심한 얼굴을 보고 싶었는데."

"……읏! 역시…… 그냥 놀린 것뿐이냐?"

"다, 당연하지! 전부 연기거든! 작전이거든! 후후, 너도 참 단순하지. 내가 사알~짝 취한 연기를 하니까 금세 분위기에 올라타서는."

당황하며 빠른 어조로 내뱉는 리오.

"취한 전 여친이라면 분위기로 밀어붙일 수 있을 거라 생각했어? 아쉽네, 전부 연기였습니다~. 정말로, 응, 완벽하게 전부 연기였으니까 말이야."

"이런 쓸데없는 짓이나 하고……. 그럴 노력을 좀 다른 곳에 쓰지 그래."

"……흥이다. 실컷 해롱댔던 주제에 폼이나 잡고."

"해롱댄 적 없어. 처음부터 어딘가 수상하다고 생각했어."

코웃음을 치며 그렇게 말하고 나는 소파에서 몸을 일으켰다.

그대로 거실에서 나와 탈의실로 향한다.

문을 닫은 후── 그대로 바닥에 쪼그리고 앉았다.

양손으로 머리를 감싸 쥔 채 마구 헝클어뜨렸다.

"……아―, 젠장."

공연히 화가 났다.

남의 마음을 갖고 노는 식으로 장난을 친 리오에게――가 아니었다.

"왜…… 왜 눈치채 버린 거냐고, 나는."

쓸데없는 부분에서 눈치가 빠른 스스로에게 화가 나서 견딜 수가 없었다.

만약에.

만약에 거기서―― 리오의 계략을 눈치채지 못했더라면.

그대로 분위기에 휩쓸려 욕망대로 마음껏 상대를 안았더라면.

그건 그거대로 어떻게든 됐을지도 모른다.

뭔가가 일어났을지도 몰라.

물론 모든 건 그저 함정이었으니까.

"풉, 바보야, 뭘 달려드는 거야? 전부 연기거든. 이거 술이 아니라 에너지 드링크거든. 와아, 걸려들었다~."

라면서 장난이라는 걸 알리고 비웃음당할 가능성도 충분히 있었겠지만…… 그렇지 않았을 가능성도 있었을지 모른다.

리오 쪽도 내가 솔직해지길 기다리고 있었을 가능성도――.

"……아니, 아무래도 그건 너무 희망적인 생각인가."

깊은 한숨을 내쉬었다.

리오가 무슨 생각을 하고 있는지는 알 수 없다.

다만 한 가지 확실한 건…… 취한 그 녀석은 연기라 해도 굉장히 귀여웠다는 것. 헐렁한 차림도 색정적인 입술도 밀착한 상태에서 느껴진 체온이나 냄새도, 그 모든 것들이 뇌에 깊게 박혀 버렸다.

오늘 밤은 잠들기 힘들 것 같다.

✳

하루가 목욕하는 틈을 봐서 난 하야시다에게 전화를 걸었다.

둘이서 세운 작전의 결과를 보고하기 위해서다.

『──그렇군요. 실패한 건가요.』

"응. 고지가 코앞이었는데."

『아쉽네요. '취한 척해서 상대가 덮치게 하자' 대작전…… 괜찮은 아이디어라고 생각했는데요.』

"정말 아쉽──지 않아! 그런 천박한 작전이 아니야!"

목소리를 낮춘 채로 강하게 부정했다.

"……사, 살짝 취한 척 틈을 보여서…… 저쪽의 속마음을 살펴보려고 한 것뿐이야. 그뿐, 정말 그뿐이니까……."

『틈을 보여주고 싶을 뿐이라면 취한 척이 아니라 정말로 마시는 게 낫지 않았을까요? 그렇다면 하루 님에게 간파당할 일도 없었을 텐데.』

"그, 그건 싫어……."

원래 작전대로라면 난 평범하게 술을 마실 생각이었다.

하지만── 마지막 순간 나는 예정을 변경해 병의 내용물을 교체했다.

"아니, 정말 마셔버리면…… 호, 혹시 정말 여차할 때 어떻게 될지 모르잖아?"

『………….』

"만에 하나, 억에 하나…… 흐, 흐름으로 그런 상황이 된다면 나만 취해 있고 저쪽은 멀쩡하다니…… 그런 건 싫어!"

『역시 기대하고 계셨군요.』

"기, 기대한 적 없어! 위기관리를 철저히 한 것뿐이야! 왜, 왜 그런 거 많이 있잖아? 하게 된다면 여자 쪽에서 주의하지 않으면 안 된다든가……."

『하아……. 그냥 빨리 결혼해 버리면 좋을 텐데. 아아, 이미 했었죠, 참.』

그런 비꼬는 듯한 불평을 마지막으로 하야시다와의 전화는 종료됐다.

나는 전화를 품에 안고 그 자리에 쪼그리고 앉았다.

"으으……."

심장이 쿵쾅쿵쾅 시끄러워.

술은 한 모금도 마시지 않는데, 믿을 수 없을 정도로 얼굴이 뜨거웠다.

"아아, 정말…… 역시 그냥 마실 걸 그랬나?"

하야시다 말대로 정말 술을 마셨다면.

만약 술 먹은 척했다는 걸 하루에게 들키지 않았더라면.

그랬다면—— 우리는 어떻게 됐을까?

만약 내 착각이 아니라면…… 아까 하루는 조금 동요하고 있었던 것 같아. 서늘한 분위기가 사라지고 평소보다 몇 배나 뜨거운 눈빛으로 이쪽을 보고 있었다. 날 여자로 강하게 의식하고 있었다.

그, 그러니까 만약 내가 정말로 취했었다면, 그 자리에서 우리는──.

"……아니, 아무래도 그건 너무 희망적인 생각이겠지."

깊은 한숨을 내쉬었다.

결국, 하루의 속마음은 알 수 없었다.

다만 한 가지 확실한 건…… 그 녀석의 진지한 눈빛이 뇌리에 박혀 떠나질 않는다는 것.

술이라고는 한 모금도 마시지 않았는데 몸 깊은 곳이 뜨거워지는 기분이야.

오늘 밤은 잠들기 힘들 것 같다.

제4장 과거 망집

✳

'결혼하기 전에 한 번쯤 동거해 보는 게 좋다.'

흔히 듣는 이야기다.

함께 생활하다 보면 지금까지 보이지 않았던 상대방의 모습을 볼 수 있다. 가치관, 생활 리듬, 금전 감각, 취미 성향…… 등등 일상의 라이프 스타일에서 상대와의 갭을 느끼고 '이럴 리가 없어'라는 식의 환멸을 느낄 위험성도 있다. 결혼 후에는 돌이킬 수가 없기에 일단 예행연습으로 동거를 경험하는 것이다.

결혼 전에 동거를 하는 것의 장점은 대체로 그런 부분이겠지.

반면 동거 기간을 정해두지 않았을 경우 언제까지고 질질 끌게 되면서 결혼할 타이밍을 놓친다는 단점도 있다던데…… 뭐, 그건 그렇다 치고.

나와 리오의 경우 결혼은 고사하고 교제마저 파탄 난 상황에서 갑자기 동거를 시작한 느낌이다.

다른 환경에서 자란 두 사람이 함께 산다면 어느 정도의 충돌은 있을 거라고 각오한 부분은 있었다── 하지만.

타마키 리오는 내게 소꿉친구이자 전 여친이기도 했다.

전혀 생판 남이 아닌 것이다.

그래서일까, 마음속 어딘가에서 '난 이 녀석에 대해 잘 알고 있다'고 여기는 부분이 있었다. 하지만── 무른 생각이었다.

난 동거라는 것을 가볍게 생각했다.

아직 일주일밖에 지나지 않았는데…… 몇 번이나 설전이 오갔는지 모르겠다.

뭐어, 신혼 생활 셋째 날 때의 속옷 소동만큼 큰 사건은 없었지만 그래도 사소한 다툼이나 충돌이 끊이질 않았다.

예를 들어── 아침은 빵으로 할지 밥으로 할지, 식빵은 두꺼운 걸로 할지 얇은 걸로 할지, 달걀 프라이는 반숙인지 완숙인지, 칫솔과 치약 취향, 화장지 취향, 목욕 타올 세탁 빈도, 리모콘의 위치, 청소 상태…… 등등.

하나하나 나열하자면 끝이 없다.

그런 일상생활에서의 사소한 취향은 이번 동거 생활을 통해 처음 알게 된 것도 많았다.

다양한 일로 다투거나 충돌이 발생했고 그때마다 상대의 새로운 일면을 알아갔다.

함께 생활하면서 절실히 실감했다.

나는 리오에 대해 아무것도 모른다는 사실을.

그날 역시 아침부터 충돌이 발생했다.

"야, 리오……."

화장실에서 나온 난 세면대에서 화장을 하고 있는 리오 쪽으로 갔다.

오늘은 드물게 리오가 더 일찍 집을 나서는 날이었다.

1교시부터 빠질 수 없는 강의가 있다고 했다.

"뭐야? 그보다…… 화장 중에 들어오지 말아 줄래?"

"너 말야…… 화장지가 떨어지면 제대로 교체 좀 해놔."

상대의 말을 무시하고 나는 말했다.

"자기가 썼을 때 다 떨어지면 다음 들어갈 사람을 위해 바꿔 놓는 게 매너잖아."

"아~……."

짚이는 것이 있는지 다소 어색한 반응을 보이는 리오.

오늘 아침 나보다 먼저 리오가 화장실을 들어갔었다.

동거를 시작한 다음 날 '내가 들어간 뒤에, 넌 5분간 화장실 사용 금지, 절대 금지!'라는 굉장히 부조리한 조약을 맺었기 때문에 난 제대로 5분을 참고 화장실에 들어갔는데, 거기서 기다리고 있던 건…… 텅 빈 화장지 걸이.

이건…… 내가 화내도 되는 거잖아.

"혼자 사는 게 아니니까 상대를 좀 생각하라고. 하여간…… 이번에는 들어가자마자 알아차렸으니 망정이지……. 다 끝나고 알았다면 비참한 상황이 됐을 거라고."

"……시끄러워. 그보다, 아예 없지는 않았잖아? 아직 좀 남았을 텐데."

"안 남았거든. 거의 없었어."

"내 기준에서는 아직 남아 있었어."

"말도 안 되는 소리를……. 왜 넌 항상 자신의 잘못을 솔직하게 인정 못 해?"

"끈질기네, 정말. 사과했으니까 자꾸 물고 늘어지지 마."

"……아니, 사과 안 했거든! 한마디도 사과 안 했어, 너."

"마음속으로 사과했어. 그랬더니 마음속의 네가 '다음부터 조심해. 나야말로 이런 일로 화내서 미안하다'라고 사과했고."

"멋대로 남의 목소리 날조하지 마."

"아아, 진짜. 너야말로 항상 왜 그렇게 사소한 것 가지고 일일이 꼬투리 잡는 거야? 어제도 그래. 내가 사알짝 서랍을 열어둔 것 가지고 '열었으면 닫아'라고 주의하지를 않나. 네가 내 엄마야?"

"……아니, '열었으면 닫는다'가 당연하지. 내가 주의를 주고 싶어서 그러는 게 아니라 네가 애 같은 실수를 하니까 엄마 같은 주의를 할 수밖에 없는 거잖아."

"……아 정말! 그 내려다보는 듯한 시선이 짜증나. '내가 하는 말은 다 맞아'라는 그 느낌이 완전 짜증난다고."

서로 노려보며 상대의 트집을 잡는데 필사적이다.

지난 일주일 동안 몇 번이나 일어난 평소와 같은 다툼, 평소와 같은 충돌이었다.

그래.

여기까지는, 평소와 같았다——.

"애초에 넌 말이지, 전반적으로 너무 까다로워."

"내가 까다로운 게 아니라 네가 너무 대충 사는 거지."

"상대의 실수를 꼬치꼬치꼬치꼬치 지적하면서 우위나 잡으려하고……. 포용력이 부족해, 포용력이. 아~ 정말 싫다. 그러니까 네가 아무리 해도 인기가 없는 거야. 동정 특유의 음습함으로 가득하니까."

"큭…… 너 진짜."

굴욕과 분노에 떨면서 내가 말했다.

"함부로 남한테 '인기 없다'든가 '동정'이라고 막말하는데——그쪽이야말로 남 말 할 처진가?"

"뭐?"

"너도 나 이외엔 사귄 적 없잖아."

"뭐? 있는데."

리오가 말했다.

태연하게, 담백하게.

난 그 말을—— 곧바로 받아들이지 못했다.

"……뭐?"

"뭐야, 그 이상한 표정은?"

"…………이, 있다고? 나 말고 다른 남자랑 사귄 적이?"

"있어. 그렇게 놀랄 일이야?"

머리를 쓸어 올리며 어딘가 기세등등한 얼굴로 말을 잇는다.

"너와 같은 취급하지 말아줄래? 말해두겠는데 나 꽤 인기 많았거든. 길 가다가 헌팅당하기도 하고."

"…………."

"애초에 너랑 헤어진 후에—— 난 대학에 들어갔어. 여대도 아니고. 그렇다면 당연히 뻗어오는 손길이 많지 않았겠어? 내 미모를 남자들이 내버려 둘 리가 없으니까."

"…………."

"네가 끝도 없는 비인기의 길을 걷는 동안 난 다양한 경험을 거쳐서 성인 여성이 됐다는 뜻이야. 아쉽게 됐구나."

"…………."

"뭐, 그래도 안심해. 이 위장결혼을 위해 주변 남자 관계는 확실히 청산하고 왔으니까. ……으악, 큰일이다. 벌써 시간이 이렇게……. 시시한 얘기하고 있을 때가 아니야. 오늘 1교시는 정말 빼먹으면 안 된단 말이야."

일방적으로 대화를 끝마친 리오는 허둥대며 집에서 뛰쳐나갔다.

나는—— 그 자리에 굳어서 움직이지 못했다.

이윽고 실이 끊어진 것처럼 무릎부터 털썩 무너져 내렸다.

"……진짜, 냐."

리오에게 나 이외의 전 남친이 있다.

그 사실은 예상치도 못한 충격이 되어 내 가슴을 덮쳐왔다.

싸울 때마다 뼈저리게 깨닫게 된다.

나는 리오에 대해 아무것도 모른다는 사실을.

그리고 오늘 또 상대의 새로운 모습을 알게 되었다.

내가 모르는 리오를 아는 남자가, 이 세상에 있다는 사실을.

그 후의 기억은 거의 없다.

정신을 차리고 보니—— 밤이 되어서 목욕을 하고 있었다.

분명 대학에 가서 강의도 듣고 아르바이트도 하고 밤에는 리오와 밥도 먹었을 텐데…… 그동안의 기억이 전혀 없다.

머릿속에서는 끊임없이 오늘 아침의 일이 소용돌이 치고 있어 다른 정보가 전혀 들어오질 않았다.

"……아──……아~~……."

욕조에 잠긴 채 괴성과도 같은 오열을 내뱉는다.

위험해.

상상 이상으로…… 힘들다.

리오가 나와 헤어진 후 나 이외의 남자와 사귀었다……. 그 사실에 엄청난 충격을 받고 있는 자신이 있다.

심장을 가는 실로 꽉 조이는 것 같은, 뇌를 직접 움켜쥐고 짓누르는 것 같은…… 끝도 없는 고통이 마음과 머리를 계속 잠식해 갔다.

"……으~~."

알고 있다.

이런 일로 충격을 받는 스스로가 볼품없다는 건 충분히 자각하고 있다.

애초에── 리오가 나와 헤어진 뒤 다른 남자와 사귄 게 뭐가 어떻다는 건가.

나와 제대로 헤어진 후에 새로운 남자를 사귀었다면 법적으로도 윤리적으로도 아무런 문제가 없다.

그런 걸 비난하는 건…… 전 남친의 기분 나쁜 미련과 집착에 지나지 않는다.

우와…… 꼴불견.

정말이지 스스로가 혐오스러웠다. 설마 자신이 이렇게까지 기분 나쁜 생각을 할 줄은 몰랐다. 아아…… 젠장. 왜 빼앗긴 듯한 기분이 드는 거야? 그 녀석이랑 난 완전히 끝났으니까 걔가 누구랑 뭘 하든 자유잖아.

"……하아."

아니.

솔직히 말하자면 마음속 어딘가에서 희미하게 생각하고 있던 것 같다.

리오는―― 귀엽다.

누가 어떻게 봐도 귀엽고 매력적인 여자다. 예쁜 데다가 스타일도 좋아서 거리를 거닐면 수많은 남자들이 돌아볼 정도로 미인이다.

그런 여자가 대학에 들어갔으니…… 남자들이 내버려 둘 리가 없지.

그 가능성을 난 어렴풋이 눈치채고 있었던 것 같다. 하지만 필사적으로 그 사실에서 눈을 돌렸다. 인정하고 싶지 않았다.

마음속 어딘가에서 기대하고 있던 거겠지.

리오도 아직 내게 미련이 있어서 다른 남자 같은 건 상대하지 않았을 거야, 라고.

멍청하긴.

전 여친에게 그런 순정을 요구하는 건 인기 없는 남자의 꼴사나운 망상이다.

너무 미련한 나머지 정말이지 보기 흉할 정도다.

"……아―……아~……."

그만해, 그만 좀 해 명령해도 머리가 멋대로 생각해 버린다.

헤어진 뒤 연락을 끊었던 공백기 2년간.

대학에 들어간 리오는── 어떤 남자와 사귀었을까.

나보다 연상일까 연하일까. 대학교 CC일까 사회인일까. 사귄 사람은 한 명일까 두 명일까, 아니면 그 이상일까.

그리고 그 녀석과는── 어디까지 갔을까.

나와 리오는, 끝까지 가지는 않았다.

이런저런 사정으로 선을 넘지 못한 채 헤어지고 말았다.

만약에.

만약에 내 뒤에 사귄 남자와 리오가 끝까지 갔다면.

나밖에 모르는 입술과 손을 자기 좋을 대로 사용했다면── 나조차 모르는 몸속 깊은 곳을 마음껏 음미했다면.

"……──읏!"

가벼운 상상만으로도 메스꺼움과도 같은 절망감이 뱃속 깊은 곳에서 치밀어 올랐다. 눈물과 함께 다 토해내 버리고 싶을 정도의 진흙탕 같은 고뇌와 치욕.

리오나 상대 남자에게 증오에 가까운 감정이 싹트고── 그런 제멋대로의 감정을 품은 자기 자신을 죽이고 싶어졌다.

온갖 감정이 솟아올랐다가 터지면서 비참함만이 쌓였다.

전 여친에게는 나 이외의 남자가 있었다.

아무래도 나라는 남자는, 겨우 그 정도로 재기불능 수준의 충격을 받는 꼴사납고 그릇이 작은 남자였나 보다.

*

『흠흠, 그렇군요. 하루 님과 헤어진 후 대학에 들어간 리오 님은 인기 만점이라 다른 남자와 사귀었다, 라고요……. 저기, 리오 님.』

하루가 욕실에 들어간 사이.

전화로 일의 경과를 보고하자 하야시다가 진심으로 어이없다는 듯 말해왔다.

『어째서── 그런 거짓말을 한 거죠?』

"어, 어쩔 수 없잖아. 가는 말이 고와야 오는 말이 곱지."

대학에 들어가서 하루 이외의 남자와 사귀었다.

당연하지만── 그런 건 거짓말이다.

내가 하루 이외의 남자와 사귈 리가 없지.

그런 건 생각해 본 적조차 없다.

헤어진 뒤에도 짜증날 정도로 그 녀석 생각밖에 나질 않았으니까.

"하루가 멋대로 단정하듯이 말하니까…… 반발심이 들어서 홧김에 그만."

『여자로서의 허세라는 건가요. 뭐, 모르는 것은 아닙니다만.』

하야시다가 한숨을 내쉬고는 말을 이었다.

『실제로 리오 님은 인기 만점은커녕…… 입학 초기엔 하루 님과 헤어진 충격을 추스르지 못해서 거의 대학에 가지도 않으셨

107

잖아요. 그것 때문에 학점도 못 받아서 유급까지 하시고.』

"으, 우우."

그 말이 맞다.

대학 1학년은…… 비참한 일 년이었다. 하루와 헤어진 충격으로 아무런 의욕도 생기지 않아서 거의 매일 방에 틀어박혀 있었다. 게임이나 해외 드라마, 연애 리얼리티 쇼만 보던 타락적인 나날이었다.

『그래서…… 하루 님은 어떤 상태인가요?』

"……명백하게 상태가 이상해. 밥 먹을 때도 계속 건성이었고 대화가 전혀 되질 않았어."

『아——…… 상당히 충격을 받았나 보군요.』

"여, 역시 그런 걸까?"

하루는 충격을 받은 걸까.

내가 다른 남자랑 사귀면 싫은 걸까.

그건 다시 말해——.

『남자란 전부 독점욕 덩어리니까요. 전 여친이 다른 남자를 만났다고 하면 누구라도 크든 작든 불쾌해지는 법이에요. 하루 님이라면 특히 더 그렇죠. 이야기를 들은 바대로라면 꽤 동정에 목매는—— 실례. 순정파에 섬세한 분 같으니까요.』

"…………."

『어쨌든, 빨리 사과하고 사실을 말하는 게 좋을 거예요.』

"뭣…… 그, 그런 걸 어떻게 말해."

그렇게 뻔뻔한 태도를 보였는데 이제 와서 다 거짓말이라는 걸 자백하라고?

못 해. 그런 거 절대로 못 한다고.

"애, 애초에…… 사과할 필요 없잖아. 분명 거짓말을 하긴 했지만…… 근데 그런 건 아무래도 상관없는 거짓말 아냐? 내가 헤어진 후에 누구와 사귀는 건 자유고 그 부분에 대해 하루가 이러쿵저러쿵하는 것도 좀 이상하고…….."

『그렇군요. 드물게도 리오 님이 맞는 말을 했다고 생각합니다. 만일 리오 님이 다른 남자와 사귀었다 한들 제대로 헤어진 뒤라면 그걸 비난할 이유는 없겠죠.』

하지만, 하며 말을 잇는다.

『지금 중요한 건 그런 일반론이 아닙니다. 하루 님이—— 리오 님의 거짓말로 상처를 받았다는 거죠.』

"……읏."

『하루 님이 상처를 받았고 그에 대해 리오 님은 어떻게 하고 싶은가, 라는 겁니다.』

하야시다가 말했다.

담담한 어조였지만 상냥히 타이르는 음성으로.

『제가 아는 리오 님은 고집 세고 허세 강하고 쓸데없이 자존심 높은 아주 성가신 여자지만…… 결코 매정한 여자는 아니니까요.』

전화를 마친 후—— 난 탈의실로 향했다.

하루는 아직 목욕을 하고 있었다.

평소 같으면 10분 정도로 끝났을 목욕이 오늘은 벌써 30분이나 지나 있다.

"······하루? 괜찮아? 살아 있어?"

반투명한 유리 너머로 말을 걸었다.

"리오······. 무, 무슨 일이야?"

"무슨 일이 아니라. 하도 오래 씻길래 혹시 무슨 일이 생겼나 싶어서."

"······그렇게 오래 있었어?"

"30분 정도 들어가 있었어."

"진짜냐······. 아─, 미안. 그게, 좀 생각할 게 있어서······."

"······오늘 리포트 마무리해야 하는 거 아니야? 내일 제출해야 한다고 전부터 말했었잖아."

"아─······ 있었지. 그런 게······. 잊고 있었어."

"잊고 있었다니······."

하루가 과제나 숙제를 잊어버렸던 적이 지금까지 있었던가?

명백하게 상태가 이상했다.

그리고 그건······ 아마 내 거짓말 탓이다.

"······읏."

어째서.

어째서 그렇게 동요하는 거야, 하루?

내가 헤어진 후에 누구와 사귀든 너와는 관계없을 텐데.

그게 아니면── 상관이 있다고 생각하는 거야?

나를 조금은 신경 쓰고 있는 거야?

다른 남자와 사귀면 불쾌해? 충격이야?

그건…… 단순한 독점욕? 미련도 아무것도 없는 과거의 여자지만 다른 남자에게 빼앗기는 게 그저 화가 날 뿐인 거야? 아니면 소꿉친구로서, 친구로서, 내가 나쁜 남자에게 걸리지 않을까 걱정해 주고 있을 뿐인 거니?

그게 아니면—— 혹시.

내게 조금은 미련이 남은 거야?

"……저, 저기 말이야."

가슴속에 북받치는 여러 감정에 짓눌린 채 나는 입을 열었다.

"저, 전부 거짓말이야."

"……엉?"

"그러니까…… 아침에 했던 말. 내가…… 너랑 헤어진 뒤에 다른 남자랑 사귀었다는 둥…… 그거 전부 거짓말이라고."

"어…… 거, 거짓말?"

"응, 거짓말. 난 너랑 헤어진 후로 아무하고도 안 사귀었어."

"…………."

"벼, 별로 깊은 뜻은 없어. 대학 때 인기가 많았던 건 사실이지만 공교롭게 성에 차는 남자가 없었을 뿐이야! 널 위해서라거나 그런 건 전혀 아니니까 착각하지 마!"

"…………."

"아, 아침엔 네가 다 안다는 듯이 말한 게 짜증 나서 그냥 적당히 둘러댄 거야. 굳이 정정할 필요도 없지만…… 아무에게나 넘어가는 쉬운 여자라고 여겨지는 것도 싫으니까 일단 진실은 말해둘게."

"…………."

"어, 어쨌든 그런 거니까! 아아 진짜, 언제까지고 거기 틀어박혀 있지 말고 빨리 나와! 나도 들어갈 거니까!"

그 말만을 마치고 난 도망치듯 탈의실을 뛰쳐나갔다. 문에서 나오자마자 쭈그리고 앉아 심호흡을 했다.

"하아……."

말했다.

제대로 정정했어.

안도와 성취감…… 그리고 약간의 후회.

거짓말을 조금 더 끄는 것도 전략의 한 방법이었을지도 모른다.

평소에는 여러모로 쿨한 척하는 그 녀석이 이렇게나 동요를 드러내는 경우는 드물다.

이번 거짓말을 잘만 이용했다면—— 어떻게든 알아낼 수 있었을지도 몰라.

하루의 진심을.

날 어떻게 생각하는지를.

하지만…… 역시 그렇게 비겁한 짓은 할 수 없어.

명백하게 정서불안 상태가 된 하루를 저대로 방치해 둘 수도 없었고—— 게다가 무엇보다.

하루가 오해한 채로 있는 게 싫었다.

내가 간단히 아무 남자와 사귀는 쉬운 여자라고——.

그 순간 등 뒤에서 드르륵 하고 문이 열리는 소리가 났다.

하루가 욕실에서 탈의실로 나온 것이다.

거기서 그 녀석은 무려── 즐겁게 콧노래를 부르고 있었다.

내가 지척에 있을 거라고는 생각하지 못한 거겠지.

"……대놓고 태세 전환하지 말라고, 바보야."

악담이 나왔다. 하지만 그런 말을 하는 나 자신도 대놓고 기분 좋은 미소를 짓고 있다는 것을 어렴풋이 느끼고 있었다.

기운을 차린 하루가 침실에 틀어박혀 리포트 작업을 시작했기에 나는 베란다로 나와 하야시다에게 결과를 보고했다.

『……제가 충고하고 말하긴 좀 그렇지만 이렇게 쉽게 화해하는 것도 좀 별로네요. 좀 더 두 분이 엇갈리도록 했어야 하는데.』

"……그러지 마. 왜 그렇게 말하는 거야?"

『매번 연애 자랑을 듣는 입장이 되어 보세요.』

"여, 연애 자랑한 적 없어!"

『아아, 부러워라. 칼로 물 베기라는 부부 싸움, 저도 해보고 싶네요.』

"……부부 싸움도 아니고, 가면부부 싸움이거든."

알 수 없는 반론을 하는 나였다.

『두 분이 사귀었을 때도 지금처럼 사랑싸움만 했나요?』

"……고등학생 땐 이렇게 싸우지 않았어."

『그렇군요. 러브러브한 커플이었군요.』

"평범! 평범한 커플이었어!"

『흐음…….』

하야시다가 잠시 생각에 잠긴 듯 침묵하더니,

『리오 님, 전부터 물어보고 싶었는데 말이죠.』

하고 말을 이었다.

『애초에 두 분은 왜 헤어진 거죠?』

"…………."

『마침 그쯤이 제가 일을 떠나 있던 시기라 자세한 내용은 듣지 못했는데, 두 분 사이에 대체 무슨 일이 있었기에…….』

난 곧바로 대답하지 못했다.

아, 그랬지.

이 일은 하야시다에게도 말하지 않았다.

우리가 헤어진 시기는 마침 하야시다가 우리 집을 떠나 퇴사한 시기였다. 불과 몇 달 만에 돌아왔는데—— 그 몇 달 새에 우리는 헤어져 버린 것이다.

"……별로 대단한 이유는 없었어."

내가 말했다.

"사귀긴 했지만 뭘 해야 할지 몰라서…… 서로 지나치게 의식하다 오히려 사귀기 전보다 멀어졌고…… 결국 자연 소멸하듯이 끝나버렸어."

『아아……. 학생 커플에게 흔히 있는 일이죠.』

하야시다는 납득했다는 투로 수긍했지만 내 마음속엔 어두운 그림자가 드리워졌다.

기억하고 싶지 않았던 일들이 강제로 끌어 올려지고 말았다.

그렇다고—— 하야시다에게 한 말이 거짓말은 아니었다.

너무 의식한 나머지 오히려 멀어졌다는 건 사실이다.

서로 학생이고 학교도 다르니까 상당한 수고를 들이지 않으면 데이트조차 뜻대로 할 수 없었다. 또 양쪽 모두 본가에 거주하고 있었기에 가족을 신경 쓰느라 전화조차 자유롭지 못했다.

지금 생각하면 가족들에게 알리고 당당하게 연애했다면 좋았겠지만 사춘기 시절이던 우리에겐 그것이 힘들었다.

매사에 항상 부자유가 뒤따르는 연애.

더 만나고 싶어. 더 대화하고 싶어. 더, 더 하루와 함께 있고 싶어——. 그런 마음을 표현할 수 있는 솔직함을 난 가지고 있지 않았다.

그 결과 같은 마음으로 사귀고 있음에도 좀처럼 관계가 진전되지 않는, 욕구불만이 쌓이는 교제가 계속되었다.

싸움은 없었지만, 반대로 말하면 서로 상대를 배려한 나머지 말하고 싶은 것도 말하지 못하는 관계였던 것 같다.

그게 아니면—— 내가 너무 지나친 이상을 갖고 있던 건지도 모른다.

서로 같은 마음이 되어 사귄 것만으로도 날아오를 것 같은 기분이 되어서 앞으로도 계속 행복의 절정이 이어질 거라고만 생각했다. 절정을 넘어선 행복의 인플레이션이 시작되리라 믿어 의심치 않았다.

정말이지 바보 같은 이야기.

그런 꿈같은 이상을 마음속에 그리고 있었기에 생각대로 되지 않는 현실과의 차이에 애가 타서 참을 수가 없었다.

그리고.

무엇보다 가장 무서웠던 건—— 하루에게 미움받는 것.

'뭔가 생각했던 거랑 달라.'

'생각보다 시시한 여자였네.'

그런 식으로 생각하면 어쩌지.

하루는 여고에 다니는 나와는 달리 수준 높은 공학 고등학교를 다니고 있어. 주변에 여자들이 잔뜩 있으니까 그쪽이 더 매력적으로 보이면 어쩌지.

초조와 불안과 질투는 갈수록 커졌고——.

욕구불만이 폭발한 나는 이상한 방향으로 액셀을 밟아 버리고 말았다.

"리, 리오……?!"

사귄 지 몇 달이 지났을 때.

서로의 학교 오후 수업이 쉬는 날.

적당한 이유를 갖다 대서 자신의 집으로 불러내——.

난 하루를 덮치고 말았다.

억지로 침대에 밀어붙였다.

말을 섞으면 섞을수록 각오가 무뎌질 것 같았기에 문답 무용으로 덮쳐버렸다.

"괘, 괜찮아…… 괜찮으니까."

곤혹스러움을 드러낸 하루의 앞에서 블라우스의 단추를 풀면서 그렇게 말했다. 몇 번이나 반복했던 '괜찮아'라는 말은 상대가 아닌 스스로를 타이르기 위한 말이었다.

"사귀면, 이 정도는 보통이야, 보통……. 하, 하루도 이제 고등학생이니까 이런 거에 관심 있을 거 아냐?"

"……읏. 그, 그건……."

"그, 나도 경험은 없지만…… 그래도 괜찮아. 제대로 공부했어! 그러니까…… 하루는 아무것도 하지 않아도 돼. 전부…… 전부 내게 맡겨. 내 쪽이 누나니까…… 제대로 이끌어 줄게."

긴장을 필사적으로 감추고 어떻게든 누나의 가면을 쓴다.

'연상의 누나'라는 가면을 쓰지 않으면 수치심에 당장이라도 짓눌릴 것만 같았다.

심장은 금방이라도 터질 것 같았고 온몸은 뜨거웠다.

팔 아래에 있는 하루가 어떤 얼굴을 했었는지는…… 솔직히 기억나지 않는다.

이 순간의 난 이미 머리가 새하얘져서 상대를 볼 여유라고는 전혀 없었다.

"……필요한 준비도 다 했으니까 하루는 아무 걱정 하지 않아도 돼. 그…… 끼, 끼우는 법 같은 것도 제대로 예습해 왔어."

변명을 해보자면…… 나도 나쁜 뜻이 있었던 것은 아니다.

내 나름의, 최대한의 애정 표현이었다.

이런 걸 하면 더 관계가 깊어질 거라 생각했다. 더 특별한 관계가 되어서 누구에게도 하루를 빼앗기지 않을 거라 생각했다.

바꿔 말하면.

결국 난 내 생각밖에 하지 않았던 거다.

하나부터 열까지 모든 게 다 독선.

상대의 마음 따위는 전혀 생각하지 않았다——.

"자, 잠깐만…… 리오."

"괜찮아. 사양하지 않아도 돼. 난…… 하루랑 하는 거라면 괜
찮으니까."

"하지만……."

"돼, 됐으니까 가만히 있어!"

상대방의 말을 제압하듯 외치며 하루의 손목을 잡았다.

그리고 억지로 잡아당겨 자신의 가슴을 만지게 했다.

형태가 바뀔 정도로 있는 힘껏 깊고 강하게——.

"무슨. 읏, 아……."

"자, 어때? 남자는…… 나처럼 큰 가슴 좋아하지? 하루도 항
상 보고 있잖아, 내 가슴."

"……읏."

"나, 하루에게라면 이런 일을 당해도 정말 괜찮아……."

괜찮——을 리가 없다.

긴장과 불안으로 정신이 혼미해질 것 같다.

이제 상대방의 목소리 따위는 거의 귀에 들어오지도 않았다.
뇌 속에서는 예습해 왔던 순서를 떠올리기에도 벅찼다. 하지만
머리가 너무 혼란스러운 나머지 공부했던 게 아무것도 기억나

질 않는다.

애초에 이렇게 빨리 가슴을 만지게 할 예정이 아니었다.

예정이 어긋난 탓에 패닉에 빠진 나는 무슨 생각을 한 것인지 이런저런 순서는 전부 날려버리고—— 하루의 중요한 곳에 손을 뻗어버리고 말았다.

"——읏."

움찔, 하고 하루의 몸이 떨렸다.

난생처음 만진 남자에게만 존재하는 기관.

바지 너머로도 알 수 있을 정도로 단단하고 크고…… 그리고 뜨거웠다.

이제 머리는 폭발 직전.

필사적으로 다음에 뭘 해야 하는지 생각하던—— 그때였다.

파악, 하고.

하루가 내 손을 잡아서 강한 힘으로 뿌리쳤다.

"……그만해."

낮지만 떨리는 목소리.

반사적으로 고개를 든 나는 그제서야 하루의 눈을 마주할 수 있었다.

"부탁이니까 이제 그만해."

하루는—— 금방이라도 울 것 같은 얼굴을 하고 있었다.

겁내고 떨면서, 얼굴을 치욕으로 일그러뜨린 채 간청하듯 날 보고 있었다.

그곳에 있는 것은—— 명백한 거절 의사.

나는 그때가 되어서야 깨달았다.

상대가 민망함을 감추기 위해 싫어하는 척을 한 것이 아니라 진심으로 싫어했다는 것을——.

"아……."

사악, 하고 핏기가 가시는 기분이었다. 머리가 급격히 식으면서 자신이 얼마나 어리석고 제멋대로 굴었는지 원치 않는 방법으로 이해하게 되었다.

"나, 나는……——읏."

맹렬한 비참함과 부끄러움이 밀어닥친 나는 사과조차 하지 않고 방을 뛰쳐나왔다.

그 뒤는…… 잘 기억나지 않는다.

다음에 연락한 건 일주일 정도 지난 후.

내 쪽에서—— 헤어지자는 연락을 했다.

"우리, 이제 그만 헤어질까."

어색하고 부끄럽고 미안해서…… 어떤 얼굴로 만나면 좋을지 알 수 없었기에. 분명 싫어할 거라 생각했으니까.

사실은 조금 기대하는 마음도 있었다.

내가 헤어지자고 통보하면 상대 쪽에서 '그건 절대로 싫어'라고 말해주지 않을까, 그런 비겁한 속셈도 있었다.

하지만——.

"……그러자."

하루의 대답은 싸늘했다.

이렇게 우리의 관계는 끝났다.

고등학생 시절의 1년도 채 안 되는 교제였다.

"……하아."

하야시다와 전화를 마친 나는 깊게 숨을 뱉었다.

아아, 싫은 일이 생각나 버렸어—— 아니.

싫은 일이라고 하면 실례인가.

정말 싫었던 건 내가 아니라 하루였을 텐데.

연인이 분위기고 뭐고 아무것도 없이 억지로 육체 관계를 강요하고…… 그걸 거부하자 일주일 뒤 이별을 통보했다.

끔찍하다.

내가 생각해도 너무 끔찍해. 이런 천박하고 제멋대로인 여자라니, 하루는 진작에 정나미가 떨어졌겠지.

"……응. 그렇지. 기대 같은 건…… 안 하는 편이 좋겠지."

동거 생활이 시작된 이후 줄곧 들떠 있던 머리가 조금 냉정해진 것 같았다.

그만하자.

기대하지 말자.

우리 사이는 이제 끝났다.

하루는 분명 나같이 품위 없는 여자에게 미련 따위 없을 거다.

이 위장결혼은 내가 곤란해 보여서 선의로 도와준 것뿐.

동거 생활에서 여러모로 챙겨주는 것도 그저 그 녀석이 착한 녀석이니까.

오늘 내 남친 이야기에 충격을 받은 것도 전 여친이 금방 다른 남친을 만든 게 마음에 들지 않았던 것뿐이겠지.

괜찮아. 알고 있어. 너무 명백하잖아.

응응, 그걸로 된 거야.

설령 연애 감정 같은 게 없더라도 이 위장결혼도 나름대로 즐겁게 해 나가고 있으니까 그것만으로도 충분하잖아.

그러니── 기대하는 건 그만하자.

"……응?"

어찌 보면 달관과도 비슷한 각오를 다진 후에 베란다에서 거실로 돌아오자──.

침실에서 리포트를 하고 있었을 하루가 어째서인지 거실에 있었다.

소파에 앉아 머리를 감싸 안고 있다.

쿠웅, 하는 효과음이 보일 정도로.

누가 봐도 굉장히 근심 가득한 모습이었다.

"왜, 왜 그래, 하루? 리포트는?"

"……리포트는 끝났어. 그래서 좀 쉬고 있었는데…… 지금 당황스러운 연락이 와서."

"당황스러운 연락?"

"……위험해. 진짜로 위험해."

진심으로 난처하다는 듯한 목소리로 하루가 말했다.

"아키노 씨가…… 상태를 보러 온다는 것 같아."

마치 천재지변이 도래한다는 예언을 들은 것 같은 반응이었다.

소파에 놓여 있던 스마트폰은 통화 종료 화면 그대로 방치되어 있고 그곳에는 《이스루기 아키노》라는 이름이 표시되어 있었다.

아키노 씨.

이스루기 아키노.

그건 하루의, 둘째 형의 부인 이름이었다.

말하자면—— 하루에게는 형수되는 분이었다.

제5장 형수 내습

✳

그날은 아침부터 마음이 심란했다.

"잠깐 하루, 너무 많이 마시는 거 아냐?"

세 잔째의 커피를 돌체구스토로 내리려던 차에 리오의 제지가 걸렸다.

"……아―, 그러게."

확실히 오전에 세 잔 연속은 지나친 것 같다. 그럼에도 도통 진정이 되질 않아 그만 커피를 입으로 가져가 버렸다.

오늘, 우리가 신혼 생활을 시작하고 나서 첫 손님이 온다.

주변에는 비밀로 위장한 거짓 신혼 생활.

그렇게 되면 당연히 손님에게도 세심한 주의를 기울여야 했다.

하물며 상대가 그 사람이라면―.

"……뭐 하는 거야. 아침부터 안절부절, 안절부절……. 방해 되게. 보고 있는 이쪽이 더 심란하거든. 가만히 좀 있어 줄래?"

정신없이 방을 돌아다니고 있는 내가 슬슬 눈에 거슬렸는지 리오가 쏘아붙이듯 잔소리를 내뱉는다.

"아키노 씨가 오는데 뭘 그렇게 긴장하는 거야?"

"…………."

"아니…… 평범하게 생각해 보면 긴장은 내가 해야 하는 거 아니야? 남편의 형수님이 집에 온다고 하면. 그런데…… 왜 네

125

가 더 뻣뻣하게 굳어 있는 건데?"

"……여러 사정이 있어."

어이없다는 듯이 내뱉는 리오의 말에 힘없이 받아친 뒤 소파에 털썩 주저앉았다.

"첫 손님이 아키노 씨라면 긴장하지 말라는 게 더 힘들어."

"……그렇게 아키노 씨가 어려워? 나도 몇 번 이야기한 적 있지만 그렇게 나쁜 인상은 아니던데? 평범하게 좋은 사람처럼 보였어. 언행도 온화하고 예의 바르고."

"그 사람, 겉모습만큼은 누구보다 훌륭하니까."

하지만── 이스루기가에 있던 난 그 본성을 알고 있다.

아니.

내가 알고 있는 본성도 빙산의 일각에 지나지 않는지도 모른다.

그녀의 가슴 안쪽에서 소용돌이치는 강렬한 무언가는 나 같은 건 도저히 헤아릴 수조차 없다.

"……소라 형님에 대해서는 리오도 들은 적 있지?"

"으, 응."

리오는 조금 망설이듯 말을 이었다.

"……집을 나가서 아직 돌아오지 않은 거지, 소라 씨."

"그래."

이스루기 소라.

이스루기가의 차남이자 내게는 둘째 형.

참고로 삼남인 나는 첫째 형을 '형', 둘째 형은 '형님'이라고 구별해서 부른다.

"소라 형님한테는 지방의 명문가가 너무 비좁았던 거겠지."

오랜 시간 얼굴도 보지 못한 친형의 모습을 떠올리며 내가 말했다.

이스루기 소라는 삼형제 중 누구보다도 우수해서 어릴 때부터 천재라는 명성이 자자했던 신동이었다.

하지만 그 재능을 으스대며 드러내지 않고 인품은 온후하고 자유롭다. 주위 사람들에게 인망도 두터워 언제나 사람들의 중심에 서 있는 것 같은 바른 청년의 정석이었다.

하지만.

규율과 격식, 전통을 중시하는 부모님과 첫째 형과는 예전부터 서로 충돌하는 일이 많았다. 형님이 이스루기 그룹에 들어가 일하게 되면서부터 충돌은 더욱 잦아졌다.

그리고── 2년 전.

형님은 어느 날 갑자기 우리 가족 앞에서 모습을 감췄다.

레일이 깔린 삶 위에서 내려와 자신의 길을 스스로 개척해 나가기 시작했다.

"뭐, 나갔다고 해서 실종된 건 아니니까. 나도 연락은 하고 있고. 지금은 집에서 해방돼서 느긋하고 즐겁게 살고 있겠지."

아버지 쪽과는 절연 상태인 것 같았지만 내게는 정기적으로 연락이 왔다.

지금은 미국에서 새로운 사업을 하고 있다는 것 같았다.

"소라 씨가 잘 지낸다면 괜찮지만…… 가여운 건 아키노 씨잖아? 결혼까지 해서 들어왔는데 그 상대가 집을 나가 버렸으니."

"……뭐, 그렇지."

형님이 집을 떠났던 2년 전—— 그때 이미 두 사람은 결혼한 상황이었다.

아내인 아키노 씨는 형님에게 버려진 모양새가 되었다.

확실히 세간의 시선으로만 말하자면 그녀는 '가여운' 상황일 것이다.

결혼해서 성까지 바꾸고 시댁으로 시집왔더니 남편이 덜렁 집을 나가버렸으니까.

하지만.

그렇다고 해서 그 사람에 대한 내 인식이 달라지는 것은 아니다.

"어쨌든 아키노 씨 앞에서는 확실하게 좋은 부부인 척 연기해야 해."

"알고 있어. 오히려 너야말로 조심해. 내가 신혼의 러브러브한 느낌을 내도 얼굴 붉히고 도망가면 말짱 도루묵이잖아?"

평소의 흐름대로 놀려오는 리오.

하지만 지금의 나에겐 평소처럼 장난에 어울릴 여유가 없었다.

"부탁할게……. 그 사람만큼은…… 정말로 요주의야. 우리 위장결혼에 대해 다른 누구에게 들킨다 해도 그 사람에게만큼은 들키면 안 돼."

"……으, 으응. 알았다니까."

나의 절실함이 전해진 것인지 리오 역시 창백해진 안색으로 고개를 끄덕인다.

스스로도 다소 지나치다는 걸 알고 있었다.

하지만 그 정도가 딱 좋다.

그 사람 앞에서는 수백 번을 주의해도 부족하지 않으니까.

무엇보다.

《타마키야》의 경영 부진과는 별개로 내가 서둘러 결혼해야 했던 이유.

그 원인이 바로 아키노 씨에게서 시작되었으니까——.

그리고, 딩동—하고.

초인종 소리가 울렸다.

움찔 몸이 떨렸지만 애써 스스로를 달래고 소파에서 몸을 일으켰다.

리오와 둘이서 마중을 나가기 위해 현관으로 향했다.

문을 열자—— 그곳엔 기모노 차림의 미인이 서 있었다.

"안녕하세요. 하루 씨, 리오 씨."

낭랑한 목소리와 온화한 말투의 인사말.

그녀는 평소와 같은 검은 기모노를 입고 있었다. 우리 집으로 시집을 온 그날부터 나는 그녀가 기모노 말고 다른 차림을 한 것을 본 적이 없다.

살짝 처진 눈매에 온화한 용모를 하고 있지만, 그 안광은 날카롭고 눈동자에는 선득한 광채가 빛나고 있었다.

곧게 등을 뻗은 모습은 한 떨기 꽃처럼 아름다워, 리오와 타입은 다르지만 그녀 역시 대단한 미인이었다.

"오랜만이에요, 아키노 씨. 잘 오셨어요."

리오가 공손한 어조로 인사했다.

"너무 갑작스럽게 방문해서 죄송합니다. 이건 선물이에요."

"와, 감사합니다. 이렇게 신경까지 써 주시고."

내민 봉투를 리오가 받아들었다.

그리고 아키노 씨는 서늘한 시선을 내게로 향한다.

"하루 씨도 오랜만이군요."

"……오랜만이라고 할 정도는 아니죠. 결혼식에서도 만났으니까요."

"어머. 그런 섭섭한 소리 마세요."

아키노 씨가 쿡쿡 웃으며 말했다.

"전 하루 씨와 만날 날을 애타게 손꼽아 기다렸는걸요. 누가 뭐래도 당신은 제 귀엽고 사랑스러운 도련님이니까요."

단아한 목소리와 온화한 미소.

그러나 내 등골에는 오싹하게 오한이 일었다.

이스루기 아키노.

둘째 형님의 아내이자 내게는 형수.

2년 전——.

소라 형님이 이스루기 집안을 나갔다는 이야기가 퍼지면서 당연한 수순으로 그녀의 존재는 집 안팎에서 호기심 어린 시선을 받게 되었다.

'가여워라, 아키노 씨. 시집오자마자 남편이 도망을 가다니.'

'소라 씨가 꽤나 잡혀 살았나 봐요. 처가 싫어서 나갔다던데.'

'아아, 어쩐지 상대하기 힘들 것 같은 사람이네.' '난 처음부터 오래가지 못할 거라 생각했어.' '아키노 씨, 그럼 이제 나가는 건가?' '그야 당연하지. 무슨 낯짝으로 시댁에서 얹혀산다고.' '그렇겠지, 애라도 있었다면 얘기가 달라졌겠지만.' '나가는 편이 행복할 거야.'

그러나.

결과부터 말하자면―― 그녀는 나가지 않았다.

부끄러움 한 점 없이 당당하게 이스루기 집안에 눌러앉아 이스루기의 성을 계속 이어갔다.

'저는 피해자랍니다'라는 보란 듯한 태도로.

본래 형님의 보좌역으로 이스루기 그룹에서 일하고 있던 그녀는 형의 도망을 계기로 그 두각을 드러냈다.

유례없는 두뇌와 경영 수완을 발휘하여 그룹에 확실한 이익을 가져다준 것이다.

일족 이외의 인간, 그것도 시집온 젊은 여자가 조직에서 멋대로 행동한다면 당연히 주위의 반발도 있을 법했지만, 형님 일에 대해 부채를 느낀 탓인지 아버지를 포함해 그녀를 강하게 비난하는 사람은 없었다. 아마 이것 역시 그녀의 계산 일부였을 것이다.

'남편이 도망친 가여운 아내'라는 입장을 역으로 이용해 아키노 씨는 조직 내에서 당당하게 올라섰다.

이제는 어엿한 간부 중 한 사람.

이스루기 그룹 내에서는 직계를 제외한 역대 최연소 고위 임

원이라고 했다.

야심과 모략의 화신.

그것이 바로 이스루기 아키노라는 여성이었다.

나는 솔직히 그녀가 거북했다.

시집온 직후에는…… 큰 문제가 없었다.

그렇게 친하지도 않고 그렇다고 미워하지도 않는, 적당히 거리를 둔 관계로 그런대로 잘 지내고 있었다.

하지만.

형님이 사라진 뒤 나와 그녀의 관계는 격변했다——.

"앗, 하루는 앉아 있어. 걱정 안 해도 내가 잘 대접해 드릴 테니까."

음료 준비를 도와주려던 나는 그 말과 함께 쫓겨나고 말았다.

거실로 돌아오자 소파에 앉아 있던 아키노 씨가 쿡쿡 웃음을 짓는다.

주방에서 나누는 대화 소리가 들린 것 같았다.

"부지런하시네요, 리오 님은."

"아아, 네. 처음 오는 손님이라 기합이 더 들어갔나 봐요."

"새색시 같고 귀여운걸요. 저도 시집온 지 얼마 안 됐을 땐 저런 풋풋한 느낌이었을까요?"

"……아키노 씨는 처음부터 차분하고 빈틈없는 모습이었어요."

"어머, 그건 칭찬인가요?"

"칭찬입니다, 일단은."

"우후후. 그럼 그렇게 받아두죠."

가벼운 대화를 나누고 있자 곧바로 리오가 음료와 다과를 들고 왔다.

테이블에 놓인 것은 돌체구스토로 내린 커피와 아키노 씨가 선물로 들고 온 케이크 조각.

케이크를 한 입 먹었을 때.

"두 분 다 신혼 생활은 어떠신가요?"

하고 아키노 씨가 물어왔다.

"네, 뭐…… 즐겁게 지내고 있습니다. 그렇지, 리오?"

"아, 으응. 물론 잘 지내고 있죠. 하루…… 하루 씨."

형수님 앞이라 그런지 황급히 내 이름에 '씨'를 붙이는 리오.

"그렇다면 더할 나위 없죠. 부부는 사이좋은 게 최고니까요."

"아하하……."

눈치껏 미소로 답할 수밖에 없었다.

그녀의 입장을 생각하면 쉽게 고개를 끄덕이긴 어려우니까.

"그래서——."

커피를 한 모금 모시고 나서 아키노 씨가 말을 이었다.

얼굴색 하나 안 바꾸고, 말을 잇는다.

"자녀 계획은 언제쯤으로 생각하고 계신가요?"

""……픕.""

우리는 동시에 뿜을 뻔했다.

"가, 갑자기 이상한 거 묻지 마세요, 아키노 씨……."

"어머, 하루 씨. 어디가 이상하다는 거지요?"

눈에 띄게 당황하는 우리와는 대조적으로 아키노 씨는 정숙한 모습으로 말을 이었다.

"결혼해서 같이 살기 시작했다면 그다음은 아이 화제가 나오는 건 당연하지 않나요? 장모님도 장인어른도 분명 두 분의 아이를 기대하고 계실 거예요."

빙긋 웃으며 그렇게 말한 후 날카로운 시선을 리오에게로 향했다.

"리오 씨. 당신도 이스루기 집안에 시집온 이상 아이를 낳고 어머니가 될 각오는 되어 있겠지요?"

"그, 그건…… 저기…….."

"──자녀 계획은 아직 없습니다."

대답을 망설이는 리오를 대신해 내 쪽에서 단호하게 대답했다.

"결혼했다 해도 우린 아직 학생입니다. 부모에게 학비를 받고 있는 입장에서 아이 계획을 갖기는 힘듭니다. 아이는 서로 대학을 졸업한 후에 갖자고 리오와 의논해서 결정했습니다."

"그, 맞아요. 둘이 의논해서, 그런 느낌으로…….."

"어머, 그런가요? 뭐, 조바심 낼 필요는 없겠죠. 두 분 다 아직 젊으니까요."

그리고, 하며 말을 잇는다.

"한 지붕 아래에서 살고 있으니까 계획에 없더라고 불시에 생길 수도 있는 거고요. 워낙 혈기 왕성한 나이잖아요."

"아하하…… 뭐, 그럴 수도 있겠지만요."

웃음으로 적당히 얼버무릴 수밖에 없었다.

왜 이렇게 불편한 말만 하는 거야 이 사람은.

"……있을 리가 없잖아요. 저흰 아직 아무것도── 으브."

속마음이 새어 나오려는 리오의 입을 황급히 틀어막고 눈으로 호소했다.

부탁이니까 여긴 좀 맞춰 줘.

뜨거운 신혼부부를── 매일 달아오르는 부부를 연기해 줘!

"일단 조심은 하고 있지만…… 뭐, 그렇게 된다면 그때 가서 생각해야죠. 그렇지, 리오."

"아, 으응. 그렇지 하루 씨. 생기면 그때 생각하면 되지."

"우후후, 어머나, 아주 뜨겁네요."

애매하게 얼버무리는 우리를 향해 아키노 씨가 미소를 지으며 또다시 말을 잇는다.

"예쁜 조카를 볼 날이 의외로 머지않았을지도 모르겠네요. 보아하니 두 분은── 싱글 침대를 같이 쓰실 정도로 사랑이 충만한 것 같으니까요."

아무렇지도 않게 내뱉어진 말에 흠칫 몸이 굳었다.

어떻게.

어떻게 우리 집 침대 상태를 파악하고 있는 거지?

분명 우리 집 침대는 내가 혼자 살 때부터 쓰고 있었던 싱글 침대 하나뿐이다.

하지만 어째서 아키노 씨가 그걸?

침실은 보여주지도 않았고, 오늘만 해도 보인 적이 없다. 싱글 침대를 보이면 변명이 귀찮아질 것 같아서였다.

그런데 어째서──.

"이 맨션은 이스루기가 소유물이니까요. 제가 마음만 먹으면 대강은 파악할 수 있답니다."

이쪽이 의문을 묻기도 전에 아키노 씨가 담백하게 말했다.

"리오 씨가 이곳에 살기 시작한 건 일주일 전부터지만 오늘까지 이 집에 이사업체가 출입한 적은 없었고 침대가 반입된 적도 없었다. 그 말은 즉, 지금 이 방에 있는 침대는 하루 씨가 전부터 사용하던 침대 하나뿐이라는 거겠죠?"

"…………"

"같이 살게 됐으니 곧바로 침대를 바꿀 거라 생각했는데…….
지금은 그 침대에서 두 분이 사이좋게 자고 계신 거 아닌가요?
좋네요, 대학생의 동거 같은 느낌이라. 아니면 설마── 한쪽만 이불을 깔고 잔다던가?"

"…………"

"아니, 그럴 일은 없겠죠. 신혼부부가 일부러, 그렇게까지 해서 잠자리를 나눌 필요가 어디 있을까요. 사랑으로 맺어진 두 사람이라면 밤에는 함께 자는 게 당연할 테니."

식은땀이 나는 게 느껴졌다.

안 좋아.

이건…… 상당히 안 좋다.

말하는 것 자체는 단순한 단정과 트집이었다.

부부라고 해서 모두가 같은 침대에서 자는 것은 아니다. 신혼 때부터 잠자리나 침실을 구별해 놓은 부부도 세상에는 얼마든지 있다.

아키노 씨가 말하는 건 단순한 편견이다.

하지만 문제는—— 발언의 내용이 아니었다.

그녀가 우리 부부 생활을 감시하고 있었다는 사실이 문제였다.

업자의 출입 동태까지 살피면서 지금 자신이 '감시하고 있다'는 사실을 암시하는 것으로 우리를 흔들고 있다.

틀림없어. 아아, 역시 그랬던 거야.

불길한 예감이 적중하고 말았다.

이 사람은 의심하고 있다.

나와 리오의 결혼에 대해, 어떠한 의혹을 품고 있다——.

"……아하하. 침대는 바꾸려고 했는데 정신이 없어서 잊어버렸을 뿐입니다."

필사적으로 이야기를 지어내면서 난 옆에 앉은 리오의 어깨를 안았다.

"지금은 좁은 침대에서 이렇게 붙어 자고 있어요."

"잠깐……."

순간 리오가 동요를 드러냈지만 사이좋은 부부를 어필하기 위해 한 행동이라는 걸 깨달았는지 수줍어하는 얼굴로 고개를 숙였다.

"어머나, 정말 뜨겁군요. 이쪽까지 데일 것 같아요."

얼굴색 하나 바꾸지 않고 평소와 같은 미소를 짓는 아키노 씨. 내 연기가 어디까지 통하고 있는지, 전혀 모르겠다.

"그렇지, 참. 잊고 있었네요. 오늘은 두 분께 축하 의미로…… 어머?"

아키노 씨는 기모노 품 안쪽과 소매에 손을 넣어보더니 낭패라는 얼굴을 지었다.

"미안해요. 축하 선물을 가져왔는데 아무래도 차 안에 두고 온 것 같네요."

그리고 미안하다는 얼굴로 리오 쪽을 바라봤다.

"리오 씨…… 미안하지만 차에서 좀 가져다줄 수 없을까요?"

"아……."

"정말 미안해요. 실은 오늘 새 신발을 신고 왔는데 잘 맞지 않아서……. 지금 다시 아래에 내려와 갖고 오기가 좀…… 힘들어서요."

"……그런 거라면."

"감사합니다. 차는 맨션 주차장에 세워뒀어요. 안에 있는 운전사에게 물어보면 알 거예요."

심부름꾼 같은 일이었지만 형수에게 이렇게 저자세로 부탁을 받으면 거절하기도 힘들 것이다.

리오는 소파에서 일어나 집에서 나갔다.

실내에는 나와 아키노 씨 두 명만 남겨졌다.

"……마실 것 좀 더 가져올게요."

컵을 들고 자리에서 일어났다. 결코 오래 있어 주길 바라는 것은 아니지만 단둘이 얼굴을 마주하고 있기가 거북했다.

그리고 주방으로 향한── 그때였다.

"──우후후."

꽈악, 하고.

등 뒤에서 강하게 끌어안겼다.

"뭐 하는……."

"겨우 단둘이 있게 되었네요."

팔을 내 몸에 감아오면서 아키노 씨가 색정 어린 목소리로 속삭였다.

조금 전까지의 낭랑한 목소리와는 전혀 다른, 교태를 부리는 듯한 목소리다.

"정말…… 너무해요, 하루 씨. 저라는 사람을 두고 저런 계집애와 결혼해 버리시다니."

몸쪽으로 감긴 손이 요염하게 움직이며 배와 가슴을 야릇하게 더듬어간다.

남자를 작정하고 유혹하려는 고혹적이고 선정적인 움직임이었다.

"전 정말이지 외롭고 외로워서…… 당신을 생각하며 몇 번이나 스스로를 위로했는지──."

"……이거 놔 주시죠."

몸을 비틀어 달라붙은 손을 억지로 떼어냈다.

"아앙, 몰라요……. 정말 짓궂으시긴."

일부러 교태 어린 목소리를 내는 아키노 씨.

"우후후, 변함없이 순정파신가 보군요."

"아니, 순정 같은 게 아니라."

크게 한숨을 내쉬었다.

정말이지…… 언제나 늘 불길한 예감만 적중한다.

역시 이 사람── 아직 날 포기하지 않은 건가.

"적당히 하시죠, 아키노 씨. 제가 **몇 번이나 거절했을** 텐데요? 당신과는 결혼할 수 없습니다."

"……그럼요, 정말로. 몇 번이나 몇 번이나 거절하셨죠. 제가 아무리 부끄러움을 무릅 쓰고 구애해도 냉정하게 거절만 하시니. 여자로서의 자신감을 잃을 것 같아요."

과장되게 어깨를 으쓱하더니 올려다보는 시선으로 이쪽을 바라본다.

"제가 그렇게 매력이 없는 여자인가요?"

"당신의 매력을 떠나서…… 어떻게 생각해도 불가능해요. 당신은 형님의 아내잖아요."

"하지만── 그 사람은 이제 없어요."

끊어내듯 차가운 목소리로 잘라 말한다.

"쇼와 시대(일본의 연호. 1926년 12월 25일부터 1989년 1월 7일)엔 흔히 있었다고 하던데요? 시집가서 남편을 여의게 되면 남편의 형제 중에 미혼한 사람과 재혼하는 거 말이에요."

"아뇨, 지금은 레이와(일본 내 연호. 2019년 5월 1일부터 현재)고 형님은 아직 죽지 않았습니다."

"죽은 거나 다름없어요. 그런 남자."

쏘아붙이듯 내뱉는다.

"하아…… 저 스스로도 현명한 인생을 살아왔다 생각했지만 남편 선택만큼은 실패하고 말았어요. 맏아들은 기혼이고 삼남은 아직 젊기에 소거법으로 차남을 고른 건데…… 설마 그렇게

무책임하고 제멋대로인 사내일 줄은 꿈에도 몰랐지요."

"…………."

"이럴 줄 알았다면 처음부터 하루 씨를 노리고 공략할 걸 그랬어요."

미소를 띤 채 조금의 거리낌도 없이 자신의 본성을 드러낸다.

그래.

이 사람은 처음부터, 이스루기가의 권력과 재산만이 목적이다.

형님에 대한 애정 같은 건 털끝만큼도 없었다. 이스루기의 아들 중에서 우연히 미혼에 나이가 비슷했던 상대를 선택했을 뿐.

그녀는 온갖 수단과 방법을 가리지 않고 무리하게 형님과의 결혼을 진행시켰다.

그런 마성의 여인이, 형님이 집을 나간 후—— 그 자리를 대신할 존재를 찾기 시작한 것이다.

대신할 존재—— 새로운 남편.

즉, 그건 내가 된다.

형님을 깔끔하게 포기하고 이번에는 삼남의 아내가 되려 하는 것이다.

"하루 씨도 아시잖아요? 남편이 도망간 뒤의 여자가 시댁에서 얼마나 비참하고 억울한 일을 겪는지."

"당신은 충분히 강단 있게 살고 있는 것처럼 보이는데요."

"강인한 척하고 있을 뿐 속은 너덜너덜해졌답니다. 아무튼 그런 덜떨어진 남편은 신경 쓸 필요 없어요. 나중에 찾아온다면 주먹과 함께 이혼 서류를 내던질 거예요."

"······설령 형님과 이혼할 생각이라고 해도 내가 당신과 결혼할 일은 없을 겁니다."

왼손의 반지를 보여주듯 내밀었다.

"전 이미 결혼한 몸이니까요."

"······그렇군요."

아키노 씨는 보란 듯이 난처한 표정을 지었다.

"하루 씨는 두 명의 오라비와는 달리 인기 없── 실례. 무뚝뚝하고 성실하시니까 서두르지 않고 차근차근 공략해 나갈 생각이었는데······ 설마 대학생 때 결혼을 해버릴 줄이야. 정말이지 눈 뜨고 코 베인 기분이에요."

"············."

"온실에서 곱게 자란 철부지 아가씨와 결혼해서 후회하고 계시진 않나요? 저런 순진한 계집애보다 제가 더 만족시켜드릴 수 있을 텐데요? 일상생활에서도······ 물론 밤의 부부 생활에서도."

손가락 끝으로 입술을 덧그리면서 눈을 가늘게 뜨고 미소 짓는다.

오싹 등골이 떨려올 정도로 요염하고 매혹적인 미소였다.

"······남의 아내를 욕보이지 마시죠. 전 그 녀석이 좋아서 결혼한 겁니다."

"그럼, 저 계집애로 만족하신다는 건가요?"

"네."

"밤일에서도?"

"다, 당연하죠."

거짓말일지언정 여기선 고개를 끄덕일 수밖에 없었다.

부부── 그것도 신혼이라면 밤일 역시 있는 게 보통일 테니까.

그러나.

"우후후. 거짓말만 하시는군요."

아키노 씨가 웃었다.

사냥감을 사로잡은 무당거미를 연상시키는 교활하고 소름 끼치는 미소였다.

"하루 씨, 당신 아직── 그 여자를 안지 않았죠?"

"……읏."

"전 그런 거에 민감하거든요. 당신들 두 사람의 묘한 거리감과 어색함…… 도저히 밤을 함께 지새운 부부라고는 생각되지 않아요."

게다가, 라며 말을 이었다.

한 걸음 더 거리를 좁혀오며, 장난기 짙은 미소를 띤 채.

"하루 씨에게는, 본가에 있을 때와 변함없이 지워지지 않는 동정 냄새가 훅 풍겨오거든요."

"……그, 그런 거 없습니다."

"아니요. 예나 지금이나 한껏 풍겨오고 있답니다. 코에 닿을 정도로 진한 동정의 냄새가."

"…………."

살짝 좌절할 뻔했다.

그렇게나…… 그렇게나 심한 건가, 내 미경험의 기운이.

"두 분의 갑작스러운 결혼부터 어딘가 묘하다고 생각해서 유

심히 보고 있었는데 오늘 태도를 보고 확신했어요. 하루 씨──
당신들은 단순히 위장결혼을 한 것뿐이죠?"

아키노 씨가 몰아붙이듯 말했다.

"목적은 아마도 그 계집애의 본가…… 《타마키야》를 구하기
위해. 경영 부진에 빠진 《타마키야》를 일으켜 세우기 위해 당신
들 두 사람은 결혼이라는 수단을 사용했다. 아닌가요?"

"…………."

안 좋다.

예상했던 최악보다 더욱 최악인 상황.

아키노 씨는 예상 이상으로 진상을 간파하고 있었다.

그 가공할 정도의 관찰력과 집착으로 착실하게 진실에 도달한
것이다.

나와 리오의 위장결혼이라는 진실에──.

"……무슨 말인지 전혀 모르겠네요. 지레짐작으로 아무 말이
나 하지 마시죠."

"시치미 떼도 소용없어요. 애초에…… 인정하든 안 하든 제가
할 일은 달라지지 않을 테니까요."

말하자마자.

아키노 씨는 또 한 번 나와의 거리를 좁혀왔다.

"우후후. 아무리 저라도 신혼의 사내와 잠자리에 드는 건 다
소 마음에 걸리지만…… 밤일도 함께하지 않는 가면부부라면
사양할 필요는 없겠죠."

짙은 미소를 지으며 한 걸음, 또 한 걸음 다가온다.

나는 도망치듯 뒷걸음질 쳤지만 바로 뒤가 벽이었다.

"기모노를 입고 있으니 알기 힘들겠지만…… 저, 벗으면 꽤나 굉장하답니다? 원하시는 게 있다면 뭐든 말씀해 주세요. 반드시 하루 씨를 만족시켜드릴 테니까요. 저 외의 여자 같은 건 두 번 다시 품을 마음이 들지 않을 정도로."

"무, 무슨 소리를……."

"아직도 모르시는 건가요? 일단, 정부로라도 삼아달라는 뜻이에요."

아키노 씨가 말했다.

표정은 웃고 있었지만 농담을 하는 것 같지는 않았다.

도저히 농담으로밖에 들리지 않는 제안을 이 사람은 진심이라는 듯 진지하게 말하고 있었다.

"《타마키야》의 경영 재건을 위해 한동안 가면부부를 지속해야 하는 거라면 저도 잠시 기다리도록 하죠. 그동안 몸을 허락하지도 않는 여자와의 동거 생활은 힘들지 않겠어요? 그러니 제가 그 계집애를 대신해서 성 처리를 해드릴게요."

"성 처리라니……."

"하루 씨가 원하신다면 언제든지, 어디서든지 온 마음을 다해 봉사해 드리겠습니다. 저와 약혼해 주시는 그날까지."

"…………."

농담, 이 아니다.

진심이다.

이 사람은 진심으로 나와 결혼할 작정인 거다.

수단과 방법을 가리지 않고 쓸 수 있는 것은 무엇이든 사용해서―― 자신의 미모나 색기마저 아낌없이 모두 사용해서 명문가의 자제를 농락할 계략을 꾸미고 있다.

지금 손에 쥔 권력을 잃지 않기 위해.

그리고 그 이상의 권력을 얻기 위해.

"어떤가요, 하루 씨? 여기까지 양보해 드려도 안 되겠어요?"

"……안 됩니다."

나는 말했다.

답은 처음부터 정해져 있었다.

"그건 양보도 뭣도 아니에요. 난 어떤 경우라도 당신과 결혼할 생각이 없고, 당신과…… 성적인 관계를 맺을 생각도 없습니다."

단호히 말했다.

"나는 리오를―― 아내를 사랑하고 있으니까요."

그 말은 놀라울 만큼 선뜻 나왔다.

아아, 내가 생각해도 한심해.

본인만 눈앞에 없다면―― 그리고 좋은 남편을 연기해야 하는 상황이라면 이렇게나 쉽게 사랑한다고 말할 수 있다니.

"우리는 가면부부가 아니라 서로 사랑해서 맺어진 진짜 부부입니다. 그러니 아내를 배신하는 짓은 할 수 없습니다."

"……쳇."

노골적으로 혀 차는 소리가 들렸다.

"하여간 이스루기 집안 남자들은 하나같이……!"

지금까지 줄곧 요염한 미소를 유지하고 있던 아키노 씨의 얼

147

굴에 누가 봐도 선연한 분노와 분함이 드러났지만── 그러나 그것은 한순간이었다.

분노한 표정을 지우고 빙긋 미소 짓는다.

"그런 태도로 나오신다면 어쩔 수 없죠. 이 이상 입씨름을 해도 무의미한 것 같으니 그냥 빠르게── 하반신에 직접 물어보도록 할까요."

"아니…… 무슨."

되물을 새도 없이 아키노 씨가 나와의 거리를 좁혀왔다.

포개듯이 전신을 밀착하더니 허벅지로 손을 가져온다.

부드러운 손놀림으로 가볍게 문지르니 의사와는 상관없이 몸이 반응해 버린다.

"자, 잠깐…… 무슨 생각이에요?"

"설득이 통하지 않는다면 실력 행사를 하는 수밖에요."

"실력 행사……?"

"걱정하지 않아도 끝까지 갈 생각은 없으니 안심하세요. 손이나 입으로 가볍게 봉사하는 정도니까요. 리오 씨가 돌아오기 전에 끝날 거예요. 경험이 없는 하루 씨라면 그렇게 오래 걸리지도 않을 테니까요. 우후후. 까딱하면 한순간일지도 모르겠네요."

"저, 저도 그렇게 빨리는── 아니, 이게 아니라, 적당히 좀 하세요!"

있는 힘을 다해 손을 뿌리치려고 한── 그 직전이었다.

쾅, 하고.

기운차게 현관문이 열리는 소리가 난 직후 쿵쿵거리며 복도를 달리는 소리.

그리고 이어서 또 한 번 기운차게 복도의 문이 열린다.

"……뭐, 뭐 하시는 겁니까!"

우리 모습을 본 리오가 얼굴을 붉히며 소리쳤다.

당연한 반응이리라.

혹은 연기라고 해도 지나치게 완벽할 정도다. 그야말로——
사랑하는 남편이 형수에게 구애받는 장면을 목격한 반응이었다.

"무슨 속셈이죠, 아키노 씨?! 떠, 떨어져! 지금 당장 떨어지
세요!"

"……하아."

아키노 씨가 흥이 깨졌다는 듯이 한숨을 내쉬고는, 내게서 몸
을 뗐다.

"리오 씨, 상당히 빠르셨네요."

"……차 어디에도 축하 선물 같은 건 없었고 운전사도 모른다
고 하더군요. 그래서…… 느낌이 좋지 않아서 달려왔어요."

"어머나, 그것참 상당히 날카로운 감을 갖고 계시군요."

"시치미 떼지 말고 설명해 주세요. 지금 하루에게 뭘 하고 있
었죠? 하루와…… 뭘 할 생각이었죠?"

분노가 서린 형형한 눈으로 형수를 노려본다.

하지만 아키노 씨는 태연한 얼굴을 한 채.

"방해를 받아 버렸네요."

그렇게 말했다.

흐트러진 기모노 옷자락을 가다듬고는 나를 등지고 걸어간다.

"오늘은 일단 물러나도록 하죠."

그대로 방에서 나가려는가 싶더니.

"아아, 그렇지, 참."

생각났다는 얼굴로 중얼거리더니 품에 손을 넣는다.

꺼내든 건—— 축하 봉투.

차에 두고 왔다는 건 거짓말이고, 사실은 처음부터 품에 넣고 있었나 보다.

미소와 함께 봉투를 리오에게 건넨 그녀가 입을 연다.

"하루 씨, 리오 씨. 결혼 축하드립니다."

그 말만을 남기고 집을 떠났다.

말만큼은 정중했지만 대놓고 비꼬는 말로밖에 들리지 않았다.

"……딱히 의심하고 있었던 건 아닌데."

아키노 씨가 돌아간 후 정신적으로 피폐해진 내가 소파에 축 늘어져 있자 리오가 주저하며 입을 열었다.

"하루가 나와 결혼하고 싶어 했던 이유…… 솔직히 반신반의 하긴 했어. 소라 씨가 도망간 후 아키노 씨가 너를 노리고, 있다 는 게."

"……뭐, 그건 그렇지."

쉽게 믿기 힘든 이야기다.

상식적으로 생각하면 있을 수 없는 일이다.

뭐, 실제로 남편을 떠나보낸 아내가 죽은 남편의 형이나 동생과 결혼하는 일은 쇼와 시대엔 드문 일이 아니었다고 하지만, 그렇다고 레이와 시대에 그런 일을 하다니 시대착오에도 정도가 있다.

"형수가 자신의 정조를 노린다…… 인기가 없는 남자는 최후엔 그런 망상까지 해버리는 건가 걱정했는데."

"……그런 걱정을 하고 있었냐."

"하지만 오늘 아키노 씨의 태도를 보고 알았어. 저 사람…… 진심이구나."

"아아. 유감스럽게도 진심이야."

정말로 진지한 이야기다.

질 나쁜 농담으로밖에 생각되지 않는 그 사람의 언행은 모든 것이 다 진실에서 우러나온 진심이다.

"소라 형님이 나간 뒤부터 내게 다가오기 시작했고 이 집에서 혼자 살던 때에도 계속 이어졌어. 숨기기도 귀찮으니까 솔직히 말하자면…… 이 집에 몰래 들어와서 식사를 차려놓고 간 적도 몇 번 있어."

"……흐, 흐음~. 그랬어? 뭐 아무래도 상관은 없지만. 결혼하기 전에 네가 누구를 방에 들이는 건 자유니까."

"들인 게 아니야. 거절해도 밀고 들어온 거지."

"참고로…… 자, 자고 간 적은 없지?"

"그것만큼은 전력으로 거절했어."

그 선만큼은 절대 양보하지 않았다. 어떻게든 이유를 들이대서 자고 가려는 그녀를 돌려보내는 것도 꽤 힘들었지만…… 자게 된다면 그 후에 무슨 짓을 당할지 알 수 없잖아.

"……나쁜만이 아니라 주변 사람들에게까지 접근을 시도한 것 같아. 소라 형님과의 결혼도 그랬지만, 그 사람은 철저하게 바깥부터 공략해 가는 타입이야. 뒤로는 우리 부모님에게까지 바람을 넣은 것 같더라."

"거짓말…… 그, 그래서…… 하루 엄마와 아빠는 뭐라고…….."

"그땐 아직 가벼운 제안 정도여서…… 아버지도 어머니도 특별히 반대하지는 않았던 것 같아. 소라 형님 건으로 마음의 빚이 있었으니까 그녀의 제안을 내치지 못한 거겠지."

"말도 안 돼……."

"그렇다고 찬성한 것도 아니지만, 뭐라고 해야 하나……. 어머니께 '어차피 넌 스스로 연인을 만들지도 못하니까 아키노 씨가 상대라도 괜찮지 않겠니?'라는 말을 들었어…….."

"아아……."

납득한 듯한 얼굴을 하는 리오. 아니, 여기선 납득하지 말고 반박을 하라고.

하여간 우리 부모님은.

고교 시절 리오와 사귀었던 건 부모님에겐 비밀이었으니 그들의 시선에서 나는 '여자 친구 없던 기간=나이'겠지.

"……아키노 씨가 진심으로 주변에 파고들기 시작하면 머지않아 이스루기가 전체가 그녀의 편이 되고, 그녀와 결혼하지 않는 내가 나쁜 놈이 될지도 몰라. 당시에는 농담이 아니라 진심으로 그렇게 될 것 같은 분위기까지 느껴졌었어."

"……그래서 하루는."

"아아. 그래서 결혼을 해야 했지. 최대한 서둘러서. 그렇게 하면 아키노 씨도 물러설 거라 생각했으니까."

모든 문제는 내가 미혼이었기에 생겼던 문제다.

내가 형식상으로라도 결혼을 하게 된다면 모든 것이 해결된다. 그렇게 생각했는데——.

"……방심했어. 아키노 씨를 너무 쉽게 생각했어."

형식상의 결혼 따위는 그녀에겐 통하지 않았다.

내가 결혼한 정도로 포기할 사람도 아니었고…… 그 집념과 통찰력으로 우리의 계약 결혼에 대해서도 눈치를 챈 상태였다.

"오늘 반응만 보면…… 우리를 완전히 의심하는 것 같아."

그렇지 않아도 상당히 깊은 의혹을 갖고 있었던 것 같은데 오늘 우리들의 태도를 보고 그것이 확신으로 바뀐 것 같았다.

그녀 안에서는 이미 의혹이 아니라 확신이 되어 있겠지.

"어, 어쩌지…… 다른 사람에게 퍼뜨리기라도 하면……."

"……아니, 그건 괜찮아. 아무리 아키노 씨가 의심한다 해도 지금 단계에서는 아무런 증거가 없어."

우리가 서로를 좋아하는지 아닌지는 제삼자가 명확히 판단할 수 있는 부분이 아니다.

별거라도 하고 있었다면 이야기가 달라졌겠지만 이렇게 함께 생활하고 있으니 주변에서 보기엔 우린 어엿한 부부처럼 보일 터였다.

"괜한 소문을 퍼뜨리려 했다가는 오히려 아키노 씨 본인의 주

가만 떨어질 뿐이야. 저 사람은 그런 생각 없는 짓은 안 해."

"그, 그렇구나."

"하지만 이대로 가만히 있을 것 같지도 않아. 뭔가 대책을 세워야겠어."

깊이 생각에 잠겨 있는데.

"……있지."

리오가 질문을 던졌다.

"하루는 왜 아키노 씨와 결혼하고 싶지 않은 거야?"

"……뭐? 아니, 할 리가 없지. 지금은 이렇게 너랑 결혼했으니까."

"그게 아니라…… 나랑 결혼하기 전부터 계속 그쪽의 접근을 거절했다는 거잖아? 그건 왜 그런 건가 싶어서."

"…………."

"기, 깊은 뜻이 있는 건 아니야. 그냥 단순히 궁금해서. 아키노 씨, 예쁘고 똑똑하고…… 하루도 입으로는 나쁘게 말하지만 이러니저러니해도 우수한 사람이라는 건 인정하고 있는 것 같고."

인정한다라…… 뭐, 맞는 말이긴 한가.

우수한 사람으로, 그리고 방심할 수 없는 성가신 적으로 인정하고 있었다.

"……아무리 우수하고 훌륭한 상대라도 형님의 아내였던 사람과 결혼할 생각은 없어. 그보다…… 그 일이 없었다 해도 저런 살벌한 사람과는 결혼하고 싶지 않아."

그 사람과 결혼한다면 잡혀 사는 건 둘째치고, 잡힌 채로 엉덩이 털까지 모두 뽑혀버릴 것 같은 공포밖에 없다.

"게다가——."

까지 말하고는.

나는 무심코 리오의 얼굴을 바라보고 말았다.

"……응? 게다가, 뭐?"

"아, 아니."

말할 수 있을 리가 없지. 아키노 씨와 결혼하고 싶지 않았던 가장 큰 이유—— 아직 널 잊지 못했으니까, 라는 말을.

그런 속마음은 입이 찢어져도 말할 수 없다.

그래서 그 대신 두 번째 이유를 말하기로 했다.

"……아키노 씨는 아마, 아직 형님을 좋아하는 것 같아."

리오가 눈을 휘둥그레 떴다.

"어…… 그래? 근데 아키노 씨는…… 네 말만 들으면 재산을 노리고 소라 씨랑 결혼한 게…….."

"처음엔 그랬겠지. 하지만 결혼 생활을 하면서 서서히 마음이 기운 게 아닐까? 타산과 거짓으로 시작된 결혼 생활을 하다가, 정말 감정이 싹트게 된 걸지도 몰라."

"…………."

"형님이 나간 후에…… 딱 한 번 본 적이 있어. 형님과의 결혼식 사진을 보면서 홀로 울고 있는 아키노 씨를…….."

내가 아직 고등학교를 다니고 있고, 본가에 살고 있을 시절의 이야기다.

밤중에 저택 안을 걷고 있는데 흐느끼는 소리가 들려왔다.

그 소리의 끝엔 아키노 씨의 방이 있었다.

열려 있는 문틈 사이로 보인 그녀는 침대에 걸터앉아 형님과 했던 결혼식 앨범을 들여다보고 있었다.

눈에서는 눈물이 흐르고 입가에선 작은 흐느낌이 새어 나왔다. 입가에 손을 얹고 필사적으로 목소리를 억누르면서, 그럼에도 앨범을 넘기는 손길을 멈추지 않았다.

행복했던 과거의 궤적을 덧그리듯이 사랑스러운 표정으로 앨범을 계속 보고 있었다.

이따금 흐느낌 속에 섞여 목소리도 들려왔다.

소라 씨, 소라 씨, 하는.

손이 닿지 않는 곳으로 사라져 버린 남편의 이름을 몇 번이고 몇 번이고 불렀다.

마음 깊이 애석해하며 사랑에 속끓이는, 후회와 연정이 서린 목소리였다.

"……그게 사실이라면 아키노 씨는 지금이라도 당장 소라 씨가 있는 곳으로 가야 하는 거 아냐? 아니면 돌아오라고 부탁을 한다든가……."

"못 하는 거겠지. 자존심 강한 사람이니까."

"세상에……."

"아키노 씨가 집요할 정도로 내게 결혼을 강요해오는 건…… 아마 무리해서라도 형님을 잊고 싶어서 그런 거겠지. 저 사람 나름대로 과거를 끊어내고 앞으로 나아가려고 한 결과일 거야."

전부 털어낸 척하고, 정리한 척하고.

퇴로를 억지로 막아 앞으로 나아가려 한다.

사실 아직도 상처는 아물지 않았는데.

사실 아직 한참이나 미련이 가득 남았을 텐데.

그녀의 그런 복잡한 감정이…… 달갑진 않지만, 똑같이 미련과 후회를 끌어안고 있는 내게는 아플 정도로 와닿았다.

"……뭐, 진실은 아키노 씨밖에 모르지만. 형님한테 정말 정나미가 떨어져서 진작에 마음을 정리했을 가능성도 있고."

가볍게 어깨를 으쓱했다.

"뭐가 어떻게 됐든…… 그 사람과 결혼은 사양이야. 그쪽은 날 좋아하지도 않고 나도 그쪽을 좋아하지 않으니까."

그리고 무심코 말하고 말았다.

본심이, 마음속의 소리가 불쑥 새어 나오고 말았다.

"결혼은 정말 좋아하는 상대와 해야 하는 거잖아."

"……어?"

순간 몸을 굳힌 리오가 어리둥절한 표정을 지었다.

그리고 순식간에 얼굴이 새빨개졌다.

그 반응을 보고── 그제서야 내가 얼마나 낯부끄러운 말을 했는지 깨달았다.

"……아니, 우린 아니지만! 우리 결혼은 예외니까! 지금 말한 건 일반론! 그냥 일반론이야! 착각하지 마!"

"아, 알고 있어! 착각한 적 없거든!"

서로 얼굴을 붉힌 채 시선을 돌린다.

하아.

정말이지, 우리도 아키노 씨에게 뭐라 할 상황이 아니다.

하는 짓이 별반 다르지 않지 않나.

타산과 거짓으로 시작된 우리의 결혼 생활은 과연 어디로 향하게 될지.

제6장 포옹 연습

✳

타마키 리오의 본가──화과자 브랜드《타마키야》는 토호쿠를 대표하는 유명한 기업이다. 다수의 지점을 보유하고 있고, TV에서 흘러나오는 지역 광고송은 토호쿠 주민이라면 누구나 흥얼거릴 수 있을 정도다.

시작은 개인이 경영하던 작은 도라야키(일본식 전통 팥빵) 가게였지만 창업 50년이 지난 지금은 다양한 과자를 제조하고 판매하는 대기업으로 자리 잡았다. 최근에는 과자류 이외의 신규 사업에도 손을 뻗고 있다.

이 일대 지주로 이름을 떨쳐 온 이스루기가와는 조부모 대부터 교류가 있었다.

토호쿠에서는 견줄 데가 없는 화과자 브랜드《타마키야》.

그러나.

작년과 재작년은《타마키야》에 있어 비극의 시기였다.

우선 신규 사업으로 막대한 자본을 투입했던 맥주 제조 사업이 노하우 부족과 라이벌 상품의 대두로 실패.

게다가 제조 라인의 핵심을 담당하고 있던 공장 중 하나가 태풍으로 인한 하천 범람으로 침수되며 전면 기능 정지.

엎친 데 덮친 격으로 고위 임원 중 두 명이 횡령과 치한 사건을 벌여 체포.

그 외에도 여러 불운과 불상사가 겹치면서 《타마키야》는 심각한 경영 부진에 빠졌다.

은행에서는 대폭적인 사업 축소와 인력 감축을 요구해 왔고 그마저도 경영을 살릴 가능성은 희박했던 위기 상황. 직원을 버릴지, 매매라도 해서 경영진을 교체할지. 어떻게든 연명한다 해도 지금의 《타마키야》와는 달라질 것이 분명했다.

그 사실을 알게 된 나는── 리오에게 연락을 넣었다.

헤어지고 난 후로 한 번도 연락한 적 없던 전 여자 친구에게.

『하루…….』

전화기 너머 리오의 목소리는 떨리고 있었다.

솔직히 욕먹을 각오는 하고 있었다.

이런 상황에서 전 남친에게 연락이 왔다 한들 달갑지 않겠지. 저쪽은 내 도움 같은 건 원치 않을지도 몰라. 그렇게 생각하고 있었다.

하지만──.

『어쩌지, 하루……. 《타마키야》가…… 할머니가 만드신 《타마키야》가 없어질지도 몰라…….』

비통함이 묻어나는 그 목소리를 듣는 순간── 내 안에 남아 있던 망설임은 한순간에 사라졌다.

모든 브레이크가 전부 부서진 것 같은 기분이었다.

"리오, 나랑 결혼해 줘."

『……뭐, 뭐라고?!』

몇 초간의 침묵 후 돌연 괴성이 터져 나왔다.

『겨, 결혼이라니…… 무슨 소릴 하는 거야, 이럴 때!』

"이럴 때니까 하는 말이야."

당황하는 리오에게 난 단호하게 말했다.

"결혼이라고 해도── 목적을 위한 결혼일 뿐. 말하자면 위장 결혼이지."

『위, 위장…….』

"《타마키야》는 우리 집안과도 인연이 깊어. 아버지나 할아버지도 어떻게든 도울 방법이 없을까 고민하고 계셔. 하지만…… 그저 선의만으로는 손을 내밀 수 없어. 우리 같은 오래된 집안이 움직이려면── 그럴싸한 대의명분이 필요해."

『대의명분…… 그러니까 그게.』

"그래, 우리들의 결혼."

자식 간의 결혼.

한 집안을 움직이기 위한 명분으로는 충분했다.

상당히 구시대적인 이야기일지도 모르지만, 이 지역에서는 아직까지도 그러한 인연이 장사나 기업 경영에 영향을 미치고 있었다.

무엇보다 중요한 건── 이미지였다.

《타마키야의 장녀, 이스루기가 아들과 결혼》이라는 타이틀이 뜬다면 지금의 《타마키야》를 따라다니는 부정적인 이미지는 사그라질 가능성이 높았다.

"부모님 쪽엔 이미 말을 해놨어. 나와 네가 결혼한다면……《타마키야》의 경영 재건에 도움을 줄 수 있을 것 같아."

『저, 정말?!』

목소리가 순간 희망에 들떴지만 금세 불안으로 가라앉는다.

『근데…… 넌 그래도 괜찮아? 우리 집을 도와주기 위해 왜 네가 그렇게까지.』

"……공교롭지만 내 쪽에도 서둘러서 결혼을 해야 할 사정이 생겨서. 나중에 설명하겠지만 아키노 씨와 관련해서 일이 복잡하게 됐어. 그러니까…… 네가 부담을 느낄 필요는 없어. 이건 내게도 메리트가 있는 이야기야."

한 번 숨을 고르고 결심을 굳힌 나는 다시 말을 이었다.

"리오는 이제 내 얼굴 같은 건 보고 싶지 않을지도 몰라. 형식뿐이라고는 해도 나 같은 거랑 결혼하기 싫을지도 모르고. 하지만…… 가능하다면 받아줬으면 해."

『…………』

"물론 싫으면 싫다고 거절해 줘. 그러면 뭔가…… 다른 방법을 생각해 볼게. 바로 결정할 수 있는 일은 아니니까 잘 생각해서——."

『——알았어.』

말하는 도중 즉답과도 같은 대답이 나왔다.

『네 제안을 받아들일게. 아니, 오히려 내 쪽에서 부탁할게.』

나와 결혼해 줘. 리오가 말했다.

그리하여 우리의 위장결혼이 시작되었다.

결론부터 말하자면── 계획은 전반적으로 잘 진행되었다고 볼 수 있다.

우리의 결혼을 계기로 이스루기 그룹의 지원이 시작되었고 《타마키야》의 경영은 점차 회복되었다. 애초에 불운이 겹친 탓에 일어난 경영 부진이니 가장 힘든 시기만 넘긴다면 원상태로 돌아갈 수 있을 것이다.

타마키가 사람들이나 《타마키야》의 종업원들 대부분은 나와 리오에게 깊이 감사하고 있다는 것 같지만── 솔직히 그저 마음 편히 기뻐할 이야기는 아니었다.

주변 사람들을 속인다는 것에는 변함이 없고── 무엇보다.

스스로의 무력함이 너무나 한심했다.

결국 나는, 집안의 힘을 빌리지 못하면 전 여자 친구 한 명조차 도와줄 수 없는 입장인 것이다.

"있지, 하루."

주방에서 저녁 식사를 하고 있을 때 리오가 입을 열었다.

참고로 오늘의 메뉴는 돼지 생강구이와 샐러드.

리오가 만드는 요리는 대체로 가정적이고 서민적인 것들이 많았다. 하야시다 씨에게 받은 신부 수업에서 그런 교육을 중점적으로 받은 것 같다. 화려함이 없는 대신 매일 먹고 싶어지는, 편안해지는 맛이었다.

"저번에 아키노 씨에게 받은 축하 봉투 말인데…… 기념 선물

163

은 어떻게 할까?"

"아—…… 기념 선물 말이지."

기념 선물이란 간단히 말해 축하에 대한 답례였다.

결혼이나 출산 등 경사스러운 행사에서 다른 사람의 축하를 받으면 그것을 돌려주는 것이 상식이고 매너였다.

나도 결혼하고 나서 처음으로 알아본 것이지만…… 이와 관련한 일본만의 《답례 문화》는 정해진 약속들이 많아서 상당히 귀찮았다.

결혼 답례의 경우 받은 금액의 반 정도의 선물을 돌려주는, 이른바 《반 답례》라는 것이 일반적이라고 한다.

"그 사람의 본성과 목적을 알아버려서 솔직히 축하 같은 건 퇴짜 놓고 싶은 심정인데…… 십만 엔이나 들어있으면 고민이 좀 되지."

자존심과 물질적 욕구 사이에서 흔들리는 리오.

십만 엔.

상당히 고액처럼 느껴지지만 부모나 친형제가 결혼 선물로 주는 돈이라고 치면 과한 금액은 아닌 수준이었다.

"뭐, 돈에 이름 같은 건 없으니까 받은 건 감사히 쓰자고. 확실하게 받고 기념 선물도 확실하게 돌려주자."

허투루 움직여서 이쪽의 약점을 드러내지 않기 위해서라도 상식과 매너는 지키는 편이 좋았다.

"그러게. 으음, 기념 선물은 반 정도로 돌려주는 게 기본이니까. 오만 엔의 답례라. 으, 어렵네. 오만 엔의 선물이라니……."

"고액의 축하 선물이라면 무리해서 반을 돌려줄 필요는 없다고 인터넷에 적혀 있었어."

"그렇구나. 그럼 다른 사람들이랑 똑같이 카탈로그 선물로 해야겠다. 오늘 《타마키야》 종업원들한테도 축하 선물 받았으니까 한꺼번에 보내둘게."

"맡겨도 괜찮을까?"

"친척들 돌면서 인사했을 때 많이 했으니까. 이젠 익숙해져서 금방 할 수 있어. 훌륭한 아내인 내게 맡기렴."

후후, 하며 자랑스럽게 말하는 리오.

마지막 한마디만 없었다면 정말 훌륭한 아내인데 말이지. 하여간.

저녁 식사가 끝난 후 둘이서 식기를 주방으로 옮기고 설거지를 시작했다.

설거지는 어쩌다 보니 둘이 함께하게 되었다.

리오는 자신이 한다고 했지만, 나로서는 요리를 받는 입장이니 설거지 정도는 직접 하지 않으면 미안했다.

그 결과 절충안으로 둘이서 빨리 끝낸다, 라는 형태로 정해졌다.

"하루, 밥솥 안에 있는 솥도 좀 꺼내줘. 하는 김에 다 씻어버리게."

"알았어."

허리를 굽혀 식기 선반 구역에 들어있는 밥솥으로 손을 뻗었다.

속 뚜껑과 솥을 집어 들고 몸을 돌리려는 순간── 사건이 일어났다.

말캉, 하는.

팔꿈치에 영문 모를 행복한 감각이 느껴졌다.

"아앙."

머리 위에서 귀여운 비명이 떨어졌다.

새삼스럽지만── 이 집의 주방은 좁다.

둘이서 움직이다 보면 상당히 비좁은 상태가 된다.

부탁받은 솥과 속 뚜껑을 건네기 위해 몸을 일으키면서 뒤를 돌다가, 운 나쁘게 바로 뒤에 있던 리오와 부딪치고 만 것이다.

내 팔꿈치가 상대방 엉덩이에.

지금의 리오는 실내복 차림. 하의는 상당히 얇은 원단의 바지. 그래서 닿은 부분의 탄력이 뚜렷하게 전해졌다. 팔꿈치 끝에 아직 감촉이 남아 있는 느낌에 얼굴이 확 달아올랐다.

"미안. 지금 뒤를 못 봐서. 절대 일부러 그런 건……."

"아, 알고 있어."

필사적으로 민망함을 억누른 목소리로 리오가 말했다.

"좁으니까 부딪치는 건 어쩔 수 없고……. 팔꿈치에 닿은 정도로 사과하지 않아도 돼."

"아니, 근데 꽤 세게 엉덩이 쪽 살에……."

"~~읏! 이 바보야! 설명 안 해도 돼!"

결국 혼나고 마는 나였다.

그 후에는 뭐라 형용할 수 없는 어색한 분위기 속에서 설거지를 이어갔다. 작업이 대강 끝났을 즈음,

"……이런 거, 어떻게 좀 해야겠네."

리오가 불쑥 그렇게 말했다.

"어떤 거?"

"그러니까…… 이런 어색한 느낌말이야. 살짝 몸이 닿았다고 서로 안절부절못하는 거."

"……읏."

"이런 식이면 누가 봐도 수상할 거야. 부부였다면 엉덩이를 만진 정도로는 당황하지 않을 거라고."

그건 그렇다.

부부라는 것은 본래 여러 단계를 밟아나가면서 이르게 되는 관계.

결혼해서 함께 살기 시작했다면 사소한 접촉 정도로 일일이 소란을 피우지는 않을 것이다.

"아키노 씨 일도 그래. 미묘한 거리감이 느껴지는 우리들을 보고 위장결혼에 대한 의혹이 커진 거잖아?"

"……그렇긴 하지."

보다 구체적으로 말하자면 들킨 원인이 된 건 내 쪽인 것 같지만.

태도에서 동정의 냄새가 새어 나온다고 했다.

……젠장. 떠올린 것만으로도 좌절할 것 같아.

"어쩌면 좋을까. 아키노 씨는 앞으로도 우리를 주시할 거고…… 게다가 다른 사람에게도 이런 모습을 보이면 우릴 의심할지도 몰라."

"그건…… 알고 있어."

어떻게든 해야겠다는 생각은 하고 있다.

하지만 어떻게 해야 할지를 모르겠어.

창피한 일엔 창피함을 느끼고 만다.

슬프게도 동정은 아무리 발버둥 쳐도 동정일 뿐이다.

"내가 생각해 봤는데 역시 이런 건…… 익숙해질 수밖에 없지 않을까?"

"익숙해진다니……."

"어떤 부부든 처음 만났을 땐…… 뭐랄까, 좀 어색하고 서먹서먹한 느낌이잖아. 하지만 다양한 사건을 경험하면서 점차 서로에게 익숙해지고…… 거기서 처음으로 세간에서 말하는 '부부다움'이 나오는 거 아닐까?"

담담한 어조로 리오가 말을 이었다. 하지만 얼굴은 살짝 상기되어서 민망함을 숨기기 위해 무리해서 논리적인 설명을 줄줄 내뱉고 있는 느낌이었다.

"우리가 그 '부부다움'을 얻으려면…… 여러 가지를 경험하면서 상대에게 익숙해지는 수밖엔 없지 않을까, 싶어서."

"…………."

익숙해진다.

어색한 느낌을 없앨 수 있게.

사소한 접촉 정도로는 당황하지 않도록.

그게 의미하는 건 즉──.

"즉…… 엉덩이를 더 만지라는 건가?"

"아니야, 바보야!"

어쩐지 아닌 것 같았다.

"왜 그렇게 되는데?! 진짜 바보 아냐?!"

"네, 네가 꺼낸 말이잖아. 그래서…… 지금처럼 실수로 엉덩이를 만져도 허둥대지 않도록 평소에도 만져서 익숙해지라는 의미인 줄 알고…….”

"전혀 아니야! 평소에도 엉덩이를 만진다니…… 벼, 변태지 그건!"

얼굴을 붉힌 채 고함을 지르더니 숨을 깊게 내쉰 뒤.

"……그런 성적인 바디 터치가 아니라 그냥 스킨십을 말하는 거야."

다시 차분한 어조로 말을 잇는다.

"사이좋은 부부라면 평소에도 스킨십 정도는 당연히 있을 거잖아. 그러니까 우리도 그런 거에 익숙해지면 연기의 어색함도 사라질 거야. 아까 같은 사소한 접촉에도 당황하지 않을 거고."

흐음. 그렇군.

성적인 것이 아닌 스킨십이라.

"……무슨 말인지는 알겠는데 그럼 구체적으로 어떻게 한다는 거야? 갑자기 스킨십이라고 해도…….”

"그럼, 일단——."

이도저도 못하는 내게 리오가 애써 태연한 목소리로 말했다. 필사적으로 평정을 가장하고 있었지만 확연하게 동요하고 있는 모습이었다.

"——포, 포옹이라도 해볼까?"

거실에서 우리는 마주 보고 있었다.

대치하고 있다, 라고 해도 무방하겠다.

서로 장승처럼 우뚝 서 있다.

분명 어색함을 없애기 위한 특별훈련이라고 했지만…… 지금까지는 무서울 만큼 어색한 느낌뿐이었다.

거북한 공기가 공간을 채우고 있는데—— 이윽고 리오의 눈이 번쩍 뜨였다.

각오를 다진 눈 혹은 모든 걸 다 내려놓은 눈이었다.

"가, 간다!"

"……아니 아니 잠깐! 역시 기다려! 잠깐 기다려 봐!"

당장이라도 돌진해올 것 같은 리오의 박력이 무서워서 그만 제동을 걸고 말았다.

"뭐야, 정말."

"그, 뭐랄까. 갑자기 포옹은 좀 벽이 너무 높은 거 아니야?"

포옹이라니…… 그 포옹을 말하는 거잖아?

서로 꽉 껴안는 느낌의 그거?

밀착도가 장난 아닐 것 같은데.

"스킨십 연습치고는 너무 상급자 레벨이 아닐까……."

"어느 정도 과격한 수준으로 하지 않으면 연습이 안 돼. 게다가…… 아, 안는 것쯤은 평범하잖아. 서양에서는 포옹이 인사 대신이기도 하고."

"아니, 여긴 일본이고…… 무엇보다."

내가 말했다. 여기까지 와서 이런 확인을 하는 것도 적잖이 우스웠지만 그럼에도 묻고 말았다.

"넌…… 싫지 않아?"

"……딱히."

냉정한 어조로 말하는 리오.

"중학생도 아니고 포옹 정도로는 아무 느낌도 없어. 그냥 무야. 완벽한 무감정."

거짓말, 이라고 생각했다.

나랑 똑같거나 그 이상으로 얼굴이 빨개졌으면서.

"애초에…… 우리 이미 포옹 정도는 경험했잖아."

부끄럽다는 듯 시선을 피하면서 리오가 나직이 중얼거렸다.

"그 왜, 사귀던 때…… 좀 쌀쌀했던 가을쯤이었나……."

"……그, 공원 벤치에서 했던 거? 그건…… 포옹이랑은 좀 다르지. 네가 '꼭 안아줘'라면서 애교 섞인 목소리로 말하길래 앉은 채로 가볍게 안은 것뿐이고……."

"애, 애교 섞인 목소리로 말한 적 없거든! 그보다…… 누구 때문에 그런 민망한 대사를 했는데!"

"뭐? 내 탓이야?"

"네가 둔한 탓이잖아! 내가 몇 번이나 몇 번이나 '춥다~' '오늘 정말 춥네~'라고 어필해도 전혀 안아주질 않으니까 어쩔 수 없이 직접 입으로 말한 거라고…… 어쨌든 전부 네가 둔탱이라 그런 거야!"

"그런 어필을 어떻게 눈치채냐고!"

아득바득 외쳤지만…… 솔직히, 사실은 어느 정도 알고 있었다.

몇 번이나 '춥다'고 하는 건, 혹시 안아줬으면 하는 어필일지도 몰라. 그런 생각은 했다. 하지만 거기서 '아니, 그럴 리가 없지. 무슨 기분 나쁜 망상을 하는 거야' 하는 부정적인 생각과 함께 도망쳐 버렸다.

한 걸음 더 나아가 본인이 먼저 안아준다는 인기남적인 행위는…… 연애 경험 제로의 고1 남학생에게는 장벽이 높았던 것이다.

"……흑역사를 들먹이는 건 그만하자. 서로 득도 없고."

"……동감이야."

서로 깊은 한숨을 내쉬었다.

"그래서, 어쩔 거야?"

"……할 거야. 하는 수밖에 없잖아."

리오가 이쪽을 노려보며 가볍게 팔을 벌렸다.

포옹을 준비하는 자세였다.

물러날 생각은 없는 것 같다.

"여기까지 와서 물러나면…… 오히려 반대로 의식하는 것 같아서 분하니까."

"뭐야, 그 알 수 없는 자존심은……."

"아니 왜, 여자인 내가 괜찮다는데 뭘 그렇게 쫄아? 남자가 돼서 한심하게."

"……남녀차별이다, 그거. 그보다 안 쫄았거든. 앞으로의 일을 생각하면 신중하게 판단하는 게 좋을 것 같아서…… 아―, 이제 됐어, 알았어."

변명은 도중에 끊었다.

더 이상 입씨름하는 것도 시간 낭비고, 무엇보다 꼴사납다.

남자라면 물러나지 말고 각오를 다져야지.

"딱히 뭐, 가벼운 포옹 정도잖아. 그렇게 깊이 생각할 일도 아니겠네."

"그래. 이런 건 그저 연습이니까."

두 사람 다 서로에게 타이르듯 그렇게 말하고는—— 다시 한번 서로를 응시했다.

"그럼…… 가, 간다."

"그, 그래."

찔끔찔끔.

서로 결전을 앞두고 간격을 좁혀가는 신중함으로 우리는 서서히 거리를 좁혀갔다. 이 이상 다가갈 수 없을 정도로 다가가서는 서로의 눈치를 살피며 손을 들어 올린다.

천천히, 부들부들 떨며 양손을 상대의 등 뒤로 감았다.

그리고—— 꽈악.

""~~!!""

우와.

우와, 와아…….

뭐야 이게.

뭐라고 해야 하지……. 굉장히 생생한 감촉이 느껴진다.

상당한 면적이 상대와 밀착되어 있는 탓에 온몸으로 상대라는 존재를 실감했다.

피부의 감촉, 체온, 숨결, 그리고 냄새.

상대의 모든 것이 아주 아주 가깝게 느껴졌다.

학생 시절 애매하게 했던 포옹과는 전혀 달랐다. 정면에서 제대로 껴안고 있었고, 무엇보다 다른 것은 복장이었다. 지금은 서로가 실내복인 편안한 셔츠 모습. 그러니까 다시 말해…… 밀착감이 교복 때와는 완전히 달랐다.

얇은 천 너머로 느껴지는 리오의 몸은 완벽한 '여성'의 몸이었다. 자신의 몸 전체로 육감적인 여자의 몸을 맛보는 듯한 감각에 빠져든다.

긴장과 흥분으로 머리가 이상해질 것 같다——.

"……가, 가만히 있지 말고 뭐라고 말 좀 해."

품 안에서 리오가 말했다. 목소리가 엄청 떨리고 있다.

"……너야말로 뭔가 말해 봐."

"뭐, 그냥…… 안았다는 느낌이네."

"그렇, 지. 막상 해보니까 의외로 별거 없네."

"그래, 정말 별거 아니지."

별거 아닐—— 리가 없지.

위험하다. 당장이라도 이성이 날아갈 것 같은 느낌이 너무 위험해.

온몸에서 느껴지는 리오의 모든 것들이 내 정신을 쏙 빼놓으려 하고 있었다.

무엇보다 가장 오싹한 것은…… 역시 가슴.

평소에도 내 시선을 엄청나게 끌어당기고 있는 풍만한 흉부가

형태가 변할 정도로 강하게 눌려져 있었다. 상대도 알고 있을 텐데 아무 말도 하지 않는다…… 라는 건, 역시 포옹을 하는 이상 가슴의 접촉은 어느 정도 각오하고 있었다는 거겠지.

위험하잖아, 이거.

해외에선 정말 이런 걸 인사 대용으로 하는 건가?

성적인 걸 생각하지 않는 게 더 무리였다.

전혀 관심이 없는 상대라도 이런 짓을 하면 좋아질 것만 같았다.

하물며 그것이, 아직도 미련이 남은 전 여친이라면――.

"……저기."

마음속에서 끊임없이 번민하는 내게 문득 리오가 말을 걸어왔다.

"슬슬…… 다음 행동으로 넘어가도 되지 않을까?"

"다음……? 다음이 뭔데?"

"……진짜. 그 정도는 직접 생각하는 게 어때? 내가 지시하지 않으면 아무것도 못 하는 거야?"

"윽…….."

듣고 보니 좀 수동적이었던 것 같다. 아니 근데 그쪽이 먼저 꺼낸 말이니까 그쪽이 주체가 되는 게 당연한 거 아닌…… 아니, 그것도 결국 변명인가.

어색함의 해소는 두 사람의 해결과제였다. 책임을 떠넘기는 것도 무책임한 짓이겠지.

으으음…… 다음, 이라.

포옹의 다음이라고 한다면――.

"…………."

마침내 한 가지 생각에 이른 나는 마음을 다잡고 다음 행동으로 옮겼다.

끌어안고 있던 팔을 풀고 상대방 어깨에 손을 얹는다.

잠시 서로의 몸을 떼고 수치심을 눌러 죽인 채 똑바로 상대방의 눈을 응시했다.

"사랑해, 리오."

"……~~~?!"

리오는 순간 얼굴을 굳히더니, 곧바로 터질 듯이 얼굴이 붉어졌다.

그리고 두 손으로 내 가슴팍을 세게 밀치면서 거리를 확 벌렸다.

"잠깐, 무슨…… 뭐, 뭐라고?! 지금 뭐랬어?! 뭐야 너?! 왜 갑자기…… 이, 이상한 소릴 하는 거야?!"

언성은 높아지고, 시선은 이곳저곳을 부유한다.

굉장히 당황한 기색이었다.

"아니, 그게…… 다음 행동이라고 하니까…… 포옹 다음은 부부다운 사랑의 말을 속삭이는 연습이 아닐까 하고……."

"왜 그렇게 되는 건데! 좀 더 다른…… 가벼운 것들도 많잖아! 안은 채로 머리를 쓰다듬는다든가, 머리를 톡톡 두드린다든가, 뭐 그런 거!"

"아, 아아…… 그런 거."

그렇군. 머리를 쓰다듬는 건가.

어디까지나 포옹 안에서 벌어지는 다음 행동을 말한 거였나.

"그런데 갑자기 그렇게 불시에, 게다가 직구로……. 으으~!"

손으로 얼굴을 가린 채 몸부림치는 리오.

"진짜 최악이야. 넌 옛날부터 그랬어. 둔하고 눈치 없고…… 그러면서 이상한 부분에서 갑자기 확 다가오질 않나…….."

"……미안하게 됐네."

힘없이 되받아치는 수밖에 없었다. 내 쪽도 점점…… 스스로가 얼마나 민망한 짓을 했는지 자각하기 시작했다.

대체 무슨 짓을 저지른 거야, 나는?

사랑한다니, 몇 년 만에 해본 소리지?

"정말로, 어쩔 거야 이 공기……?"

"……나한테 물어도."

포옹의 목적은 서로가 서로에게 익숙해져서 어색함을 해소하고 지나치게 의식하지 않기 위함이었다.

하지만 결과는── 어마어마한 역효과였다.

미친 듯이 의식되고.

미친 듯이 어색하다.

앞으로는 접촉할 때마다…… 오늘의 포옹이 떠올라서 지금 이상으로 어색해질 것만 같았다.

"역시 스킨십 연습은…… 우리한테는 너무 이른 거 아니야? 실패했을 때의 대가가 너무 커. 앞으로의 생활에도 영향을 미칠 거라고……."

"그, 그렇지 않아! 내가 낸 아이디어에 오류가 있을 리 없어.

지금 건 우연히 잘 안 된 것뿐이야."

　그러니까, 하며 리오가 말을 이었다.

　부끄러운 듯, 하지만 각오한 얼굴로.

　"한 번 더 하자."

　"……이, 이대로 계속 하겠다고?"

　"아니, 이번엔 패턴을 좀 바꿔볼 거야."

　리오가 말했다.

　"이번에는…… 믿을만한 누군가에게 입수한 확실한 정보야.
이걸 하면…… 남녀의 친밀도가 확 높아진대."

　몇 시간 전──.

　"아~ 역시 내 집이 제일 편하네~."

　"돌아올 때마다 그 말을 할 셈인가요?"

　본가로 돌아와 소파에 널브러진 나에게 하야시다가 평소처럼
냉담한 어조로 말했다.

　"상당한 빈도로 친정에 내려오는군요, 리오 님은."

　"괜찮잖아. 가깝기도 하고."

　"쇼와 시대 며느리였다면 시어머니한테 한 소리 들었을 수준
입니다."

　"나는 레이와 시대 며느리니까 괜찮아. 그리고…… 오늘은 불
려서 돌아온 거니까 잔소리 들을 이유도 없고."

"그랬지요. 죄송합니다, 리오 님의 모습을 보면 저도 모르게 잔소리 하나라도 해야겠다는 사명감에 사로잡혀 그만."

"……뭐야, 그 사명감은."

"이것도 다 리오 님의 성장을 생각해서 그런 겁니다. 결단코 유유자적하게 학생 겸 아내 노릇을 하고 있는 리오 님을 질투해서 그런 게 아닙니다. 부잣집 자제와 결혼했으면서도 그쪽 집에 들어가지 않고 평일 대낮부터 돌아와서 태평하게 늘어져 있는 태도에 화난 게 절대 아닙니다."

"대놓고 본심이 새고 있잖아!"

평소와 같은 대화를 주고받은 후 하야시다가 종이봉투 몇 개를 테이블 위에 올려놓았다.

오늘 본가에 온 이유는 이걸 받기 위해서였다.

"이것이 말씀드린 《타마키야》 종업원들에게서 들어온 축하 선물입니다."

"와…… 엄청 많네."

큰 종이 봉투 안에 들어있던 것은 대량의 축하 봉투였다. 그 외에도 축하 선물이 들어 있을 법한 꾸러미나 편지 봉투처럼 보이는 것도 있었다.

"축하 봉투와 소포는 여기에 정리해 두었지만…… 이 외에도 대량의 과일과 야채, 가전이나 식기를 가져온 사람도 있어서…… 전부 가져가는 건 힘들 테니 엄선해서 가져가 주세요."

"아, 어―……. 좀 놀랐어. 왜 이렇게 《타마키야》 사람들이 축하를 해 주는 거지……?"

"무슨 말을 하나 했더니."

의문을 전하자 하야시다는 고개를 저으며 어깨를 으쓱해 보인다.

"두 분은《타마키야》사람들에게 있어서 구세주 같은 존재라고요."

"구, 구세주……."

"리오 님과 하루 님이 결혼하지 않아서 이스루기가의 지원을 받지 못했더라면……《타마키야》는 사업 축소를 피할 수 없었을 거고 상당수의 종업원들이 해고됐을 겁니다. 우리 같은 일반인이 일자리를 잃는다는 건 인생을 좌우할 만큼 중요한 일이니까요. 당사자뿐 아니라 그 가족까지 관계된 일입니다."

"…………"

"리오 님이 어디까지 깨닫고 있는지는 모르겠지만…….《타마키야》와 관련된 사람들은 모두 두 분에게 깊이 감사하고 있어요. 이 성대한 축하는 아마 그 마음의 표현일 겁니다."

"……어쩐지 좀."

가슴속에 피어오르는 답답한 마음에 애매하게 대답할 수밖에 없었다.

"감사받는 것도 축하받는 것도…… 미안한 것 같아. 우린 결국 모두를 속이고 있는 거나 다름없는데."

기쁨보다는 죄책감이 더해지고 만다.

축하 같은 걸 받게 되니 마음이 따끔거리며 아파온다.

……뭐, 아키노 씨의 축하엔 조금도 아프지 않았지만.

"속이고 있다고 해도, 두 분의 위장결혼은 이기적인 목적을 위한 게 아니라 《타마키야》를 구하기 위한 목적이었잖아요? 결과적으로 도움을 받은 사람이 많으니 그렇게까지 무겁게 느낄 필요는 없습니다."

"그럴지도 모르겠지만……."

"……정말이지. 평소에는 콧대 높고 제멋대로인 주제에 이럴 때만 기특한 말씀을 하는군요. 좀 더 평소대로 '오예~ 서민들이 바친 공물 최고~!'라는 느낌으로 당당하게 구는 게 어떨까요."

"내가 그런 이미지야?"

가벼운 반박.

"……애초에 내가 당당하게 구는 것도 이상하잖아."

그리고 탄식과 함께 말을 잇는다.

"난 아무것도 안 했어. 위장결혼을 생각한 것도 기회를 만들어준 것도…… 전부 그 녀석이니까."

난 그저 그 제안을 받아들였을 뿐.

우리 두 사람이 《타마키야》의 구세주라면── 하루는 나의 구세주였다.

하나뿐인 본가의 위기에 아무것도 하지 못하고, 맥없이 쩔쩔매며 눈물만 흘리고 있던 내게 구원의 손길을 내밀어 준 것은, 그 녀석이었다──.

"언젠가 감사 인사 정도는 해야겠지."

내가 말했다. 드물게 솔직한 발언을 했다고 생각했는데.

"……리오 님. 설마 아직 감사 인사도 안 한 건가요?"

하야시다의 얼굴이 싸늘해졌다.

"어…… 아, 안 했는데."

"…………"

"자, 잠깐. 뭐야, 그 진심으로 경멸한다는 듯한 눈빛은……."

"진심으로 경멸하고 어이없어하는 것 맞습니다. 일족의 위기를 무상으로 구원받았으면서 상대에게 감사의 말 한마디 하지 않았다니……. 설마 리오 님이 그렇게까지 은혜를 모르는 분인 줄은 몰랐습니다."

"으, 은혜를 모르는 건 아니야. 충분히 느끼고 있어……. 그저 태도로 보이지 않은 것뿐이지."

"그걸 세간에서는 배은망덕하다고 하는 거랍니다."

"으윽…… 그, 근데 이 결혼은 그쪽에도 메리트가 있는 거였다? 그러니까 내가 감사할 필요는 없다고 하루가……."

"그야 하루 님은 그렇게 말했겠죠. 상냥한 분이니까요. 리오 님이 마음의 빚을 느끼지 않도록 배려해서 그런 것 아니겠어요."

"……으으. 그, 그것도 맞는 말이지만."

알고 있다.

아무리 나라도 그 정도는 알고 있다.

하루는 '이 결혼에는 쌍방에 메리트가 있다. 그러니 우리는 대등하다'라고 했지만 실제로는 우리 쪽이 얻는 메리트가 압도적으로 컸다.

아키노 씨와의 결혼을 막는다는 목적은 있었지만…… 그건 반 정도는 방편이었다고 생각한다.

만일 그 사건이 없었다고 해도 하루는 《타마키야》를 위해 움직여 주었을 거다.

이스루기 하루는, 내 전 남친은 그런 남자니까──.

"……알고 있어. 제대로 감사를 전해야 한다는 건."

툭 내뱉듯 말했다.

"하지만…… 이제 와서 그런 말을 하기가 괜히 민망해서……
몇 번인가 말하려고 했었는데, 얼굴을 마주하면 아무래도 그런
분위기가 되질 않아."

"얼굴을 마주하면, 말이죠……. 흐음."

하야시다는 생각에 잠긴 듯 잠시 침묵했다.

"리오 님. 요컨대 고맙다는 말은 하고 싶지만, 새삼스레 얼굴
을 마주하고 말하기는 민망하다, 라는 거죠."

"……그, 그렇지."

"그럼 이런 건 어떨까요?"

하야시다가 말했다.

"세상에는 그런 게 있거든요. 커플이나 부부밖에 하지 못하
는, 똑바로 마주하고 말하긴 어려울 때, 말하기 쉬워지는 포즈
같은 게……."

"……잠깐만 하루, 배는 만지지 마."

"미, 미안……. 아니, 근데 어쩔 수 없잖아. 이 자세로 가슴을
만지지 않으려면 배를 만지는 수밖에……."

"으으…… 그럼 만지는 건 괜찮지만 절대 주무르지 마."

"그런 짓을 하겠냐."

"이렇게 좀 더…… 손을 확실하게 둘러서……."

"아, 어어……."

"……응. 맞아, 이런 느낌으로."

서로 머뭇거리며 세세한 조정을 반복한 결과 어떻게든 안정적인 자세를 찾아냈다.

"이게…… 친밀도가 한 번에 올라가는 포옹이냐."

"그, 그래. 친밀도 상승률로만 보자면 하이엔드 수준이래."

살짝만 방심해도 목소리가 떨릴 것 같았다.

그도 그럴게―― 상대의 목소리가 너무 가깝다.

어쩌면 아까 했던 포옹보다 밀착도가 더 높아 보였다. 귓가에 속삭이는 목소리와 숨결. 하루가 말을 할 때마다 등줄기가 달콤하게 저리는 것 같았다.

장소는―― 거실 소파.

우선 하루가 다리를 활짝 벌리고 앉는다.

그 다리 사이에 내가 앉고 하루가 뒤에서 끌어안는 자세.

이른바 백허그라는 자세였다.

"신혼부부나 이제 막 동거를 시작한 커플…… 그러니까 함께 살기 시작하면서 서서히 분위기가 무르익어가는 남녀는 저녁 식사 후에 이 백허그 자세로 TV나 영상을 보는 게 일반적이래."

"정말이냐?"

정말…… 이라고 했다.

하야시다는 그렇게 말했다.

"그건 정말이지…… 좋은 거예요. 남자에게 폭 감싸인 느낌이 들어서 행복하면서도 안심이 된다고나 할까요. 그리고 싸우고 난 뒤에도 참 좋아요. 서로 접촉은 하지만 얼굴을 마주치지 않으니까 솔직하게 사과할 수 있죠."

라는 거다.

"……정말로 좋았었는데. 함께 살 때는 당연하게 해서 감사함을 몰랐지만…… 소중한 건 잃고 나서야 알게 된다는 말이 이런 거였다니. 아아, 절실하게 사람의 온기가 그리워라……."

……여기까진 떠올리지 않는 게 좋았을지도.

아무튼.

어떻게든 작전대로 백허그 자세는 만들었다.

여러모로 힘들었어……. 아키노 씨의 이야기로 시작했는데 갑자기 백허그 얘기를 꺼내면 경위를 의심받을 위험이 있으니까. 우선 한 번 정상적인 포옹을 경유해서……. 그런 식으로 이런저런 대책을 짜서 어떻게든 자연스럽게 백허그까지 온 것이다.

모든 것은 이 순간을 위해서였다.

하루에게 이렇게, 신혼부부가 사이좋게 붙어 있듯이 백허그로 안기기 위해――…… 아니.

어쩔 수 없이 한 거지만! 얼굴을 마주하고 감사를 전하는 게 부끄러우니까 이 자세를 한 거지, 뭐든 좋으니까 적당한 이유를 대서 하루에게 안기고 싶었던 게――.

"……어때?"

뇌 속에서 필사적으로 변명을 만들고 있는데, 하루가 귓전에 속삭여왔다.

으으…… 역시 이 자세는 위험해.

목소리도 가깝고, 그리고 숨결이 너무 잘 느껴져.

저쪽이 말할 때마다 몸이 흠칫흠칫 떨릴 것 같았다.

"친밀도, 높아졌어?"

"……아, 으응. 뭐. 조금씩 올라가는 거 아니야?"

"애매하네."

"시끄러워. 어쩔 수 없잖아. 나도…… 처음 해보는 거니까."

그래—— 처음.

이런 식으로 하루에게 껴안기는 건 처음이다.

사귀던 시절에 내가 억지로 졸랐던 포옹 같은 건 그저 포옹 놀이였다는 걸 실감했다.

아까 정면으로 한 포옹도 위험했는데 이쪽의 백허그도 상당히 위험해.

믿기 힘들 정도로 심장이 빠르게 뛰고 온몸이 뜨겁게 달아올랐다.

이렇게 밀착해서 꽉 감싸이듯 안기다니…… 진짜 너무 위험해. 위험하다는 말밖에 못하겠어.

"뭐, 그, 그러네. 아까의 포옹보다는…… 나은 것 같아. 응. 어쩐지 '부부다움'이 나는 느낌."

"……그러게. 아까의 포옹보단 자연스럽게 된 것 같아."

처음에는 긴장했지만 점점 진정되는 느낌이 들었다. 물론 지금도 심장은 쿵쾅거리지만 아까보단 한결 낫다.

정면으로 한 포옹은 긴장으로 머리가 하얘질 것 같았는데 이건 달랐다.

긴장과 민망함도 많이 들지만 동시에 그만큼의 안도감도 있다. 아마 상대가 눈앞에 없다는 것이 큰 이유겠지.

눈도 마주치지 않고 상대의 얼굴을 보지 않아도 되니 표정에 신경 쓸 필요도 없어. 그리고…… 응, 가슴이 닿지 않는 것도 괜히 신경 쓸 필요 없어서 좋고.

나보다 한층 더 큰 남자의 몸이 부드럽게 날 감싸준다. '행복하면서도 안심이 된다'라고 했던 하야시다의 마음이 조금은 이해가 됐다.

좋다.

우와…… 어쩌지.

너무 좋은데, 이거.

세상의 신혼부부나 동거 커플들은 매일 이런 행복한 걸 하고 있는 거야?

아아…… 좋다.

두근거리지만 안락함이 느껴지는, 최고의 시간.

계속 언제까지고 이렇게 있고 싶어.

"…………."

아니.

뭘 행복에 잠겨 있는 거야! 이게 아니잖아! 초기의 목적을 잊었어!

뭣 때문에 한참을 돌아서 백허그까지 온 건데! 이대로 끝나면…… 단순히 내가 뒤에서 안아주길 원했던 것 같잖아! 이런저런 핑계를 대서 하루에게 백허그를 시킨 것 같잖아!

절대 그런 게 아니야!

모든 건── 하루에게 제대로 감사를 전하기 위해서!

응…… 할 수 있어.

얼굴을 마주하지 않는 이 자세라면 아마 할 수 있을 것 같았다.

애초에 말이지, 이런 건 별거 아니잖아. 그저 도리라고나 할까, 말하지 않는 것도 예의에 어긋나니까 말하는 것뿐이고…….여, 여기서 감사를 전하는 것과 연애 감정은 별개의 이야기니까!

난 어디까지나 사람 대 사람으로 감사 인사를 하는 것뿐이야.

정말 그것뿐──.

그런 식으로 혼자 갈등을 반복하다 겨우 각오를 마치고 감사를 전해야겠다 생각한 바로 그 순간이었다.

"……저기, 리오."

하루가 입을 열었다.

"후회하지 않아?"

귓가에 울리는 목소리는 긴장과 불안으로 떨리고 있었다.

"후회라니…… 뭘?"

"나랑…… 이렇게 결혼한 거 말이야."

하루가 말했다.

전에 없이 자신 없는 말투로 나직하게 말해온다.

"위장결혼 이야기를 꺼냈을 때 일단 네 의사를 확인했었잖아?"

그건, 그렇다. 하루는 끝까지 내 의사를 존중해 주었다.

끝까지 내 마음을 배려해 주었다———.

"근데 다시 생각해 보면…… 이기적인 이야기였지."

"어…….."

이기적?

어디가? 어디가 이기적인데?

"그런 상황에서 들으면 결혼 외에 다른 선택지가 없잖아. 본가의 존속이 달린 거니까. 자유의지를 인정하는 것처럼 보여도 결국 협박과 다르지 않아. 나와 결혼하지 않으면 네 본가는 끝이다, 라고……."

고통을 참는 듯한 목소리로 하루가 말을 이었다.

"나는…… 너희 집안을 인질로 잡은 거나 마찬가지야. 그런 사정이라면 아무리 싫어하는 상대라도…… 넌 결혼할 수밖에 없었겠지."

"…………."

"가족과 《타마키야》를 소중히 여기는 너로서는 절대로 집안을 외면할 수 없어. 난 그걸 알고 있었으니까, 마음 한구석에서 그런 계산을 하고 있었으니까 위장결혼이라는 염치없는 제안을 할 수 있었던 거야."

"…………."

"좀 더 다른…… 더 괜찮은 방법을 생각했다면 좋았을 텐데."

"…………."

거짓말, 이지?

하루는 그런 걸 불안해하고 있었던 거야?

내가── 이 위장결혼을 후회하고 있는 건 아닌지, 그런 걸 신경 쓰고 있었던 거야?

믿을 수 없어.

왜. 대체 어째서.

너는── 구세주라고?!

우리 집안의 위기를 구해준 구세주.

아빠도 엄마도 오빠도 《타마키야》의 종업원들도 하야시다도, 모두가 하루에게 감사하고 있다.

물론── 나 역시.

그때 하루가 건 전화는 절망의 구렁텅이에 빠져 있던 내게 한 줄기 빛이었다.

협박이라고 생각한 적 없다.

집안을 인질로 잡혔다고는 추호도 생각한 적 없다.

그런데도 하루는…… 지나칠 정도로 깊이 생각하고, 짊어지지 않아도 되는 책임까지 혼자 짊어진 채 괴로워하고 있다.

아아, 정말이지.

어째서 이 남자는 이렇게나──.

"……정말 바보구나."

내가 말했다.

수많은 말이 목까지 차올랐지만 결국 튀어나온 건 이런 말이다.

나라는 여자는 아무리 해도 이렇게밖에 말하지 못하는가 보다.

"바, 바보라니 뭐야. 난 진지하게……."

"바보가 바보지 뭐야. 바보스러울 만큼 성실해, 너는."

"…………."

"어쩜, 넌 나라는 사람을 아직도 이해하지 못하고 있구나. 소꿉친구에다 전 남친이면서 한심하다니까."

"……무슨 뜻이야."

"있지, 평소의 행실로는 상상하기 힘들지도 모르지만…… 나 사실 의외로 제멋대로 구는 면도 있어."

"…………."

하루는 침묵.

분명 '제멋대로? 이 녀석의 어디에 그런 면이? 평소의 정숙한 행실만 보면 전혀 상상이 안 가는데'라면서 놀라고 있겠지.

"그리고, 절대 눈치채지 못했을 거라 생각하지만…… 난 사물의 좋고 그름을 의외로 확실하게 말하는 타입이야. 평소에는 숨기고 있으니까 모르겠지만 은근히 고집 센 부분도 있거든."

"…………."

하루는 침묵.

분명 '농담하나. 이 녀석은 항상 남을 생각하는 배려심 많은 여자잖아. 네가 고집을 부리는 건 본 적도 없어'라며 놀라고 있겠지.

"싫은 건 싫다고 확실하게 말하는 게 내 숨은 일면이야. 음식도, 옷도, 살 곳도…… 그리고 결혼 상대도 말이지."

내가 말했다.

"나 타마키 리오라는 여자는 비록 형식뿐일지라도…… 싫어하는 상대와는 결혼 같은 거 안 해."

"리오······."

"시, 싫어하지 않는 것뿐이야! 그게 곧 좋아한다는 뜻은 아니니까! 어디까지나 마이너스가 아니라는 것뿐!"

황급히 덧붙이고는 잠시 심호흡을 하며 마음을 가라앉힌 뒤 다시 말을 이었다.

"정말이지······ 넌 항상 뭐든 지나치게 복잡하게 생각해. 이번 일에 관해서는 더 잘난 척하면서 으스대도 괜찮잖아. '오예~ 내 선행으로 서민들을 살렸다' 같은 느낌으로."

"······하겠냐, 그런 짓을."

"모두가 하루에게 감사하고 있어. 아빠도 엄마도 《타마키야》의 종업원들도, 우리 집안과 관련된 모든 사람들이 하루 덕에 도움을 받았어. 물론······ 나도."

복부에 감긴 하루의 손 위에 내 손을 포개듯이 얹었다.

손바닥으로, 그리고 온몸으로 상대의 존재를 느끼며 나는 말했다.

"고마워, 하루. 나와 결혼해 줘서 고마워."

줄곧 말하지 못한 감사.

막상 말하고 나니 놀라울 정도로 한순간이었다.

정말이지, 바보네 나도.

이런 거, 빨리 말했으면 좋았을걸.

하루가 불안해할 줄 알았다면 진작 말할 걸 그랬어.

"리오······."

귓가에서 이름을 불리고는── 꽈악.

끌어안고 있던 힘이 단숨에 강해졌다.

마치—— 과시라도 하듯이.

너는 내 거라고, 강하게 호소하듯이.

"하, 하루……."

"………….."

"잠깐……. 너무 세게 안는 거 아냐?"

"……미안. 익숙하지 않아서 조절이 안 돼."

"……그러셔. 정말 서투른 남자네."

"싫으면 그만할게."

"……좋을 대로 하지 그래?"

쌀쌀맞게 말하자 또 한층 힘이 강해졌다. 믿기 힘들 만큼 얼굴이 달아올랐다는 것을 스스로도 알 수 있었다. 얼굴이 보이지 않는 자세라 천만다행이었다.

하루는 그 후에도 한동안 나를 세게 끌어안고 있었다.

아아, 정말. 내 스스로도 내가 답답하다.

싫은 건 싫다고 확실하게 말할 수 있는데.

어째서—— 좋아하는 건 좋아한다고 확실하게 말할 수 없는 걸까?

그 후엔 둘이서 TV를 보거나 잡담을 나누거나 가끔 강하게 끌어안거나, 내가 먼저 장난을 치기도 하고…… 어쨌든 느긋하게 함께 시간을 보냈다.

백허그 자세는 어쩌다 보니 한 시간 정도 하고 있었던 것 같다.

그리고 다시 얼굴을 마주했을 때—— 우리는 서로의 얼굴을 똑바로 볼 수 없게 되고 말았다.

““……~~?!””

둘이 동시에 엄청난 속도로 시선을 돌려버렸다.

우와아아아, 창피해!

뭐야 이게, 완전 창피한데!

우리 지금까지 무슨 짓을 한 거야?!

서로의 얼굴이 보이지 않는다는 구실로…… 꽤 심하게 달라붙어 있지 않았나?!

평소에 못 했던 걸 꽤 신나게 저지르지 않았나?!

대박이야. 엄청나. 이게 바로, 백허그의 마력——.

“……저기.”

내가 두 손을 펄럭이며 필사적으로 얼굴의 열을 식히고 있자 하루가 먼저 입을 열었다.

“효과…… 좀 있는 것 같네.”

“그, 그래?”

오히려 역효과밖에 안 난 것 같은데.

지나치게 의식해서 더 아슬아슬한 상황이 된 것 같은데.

“아니, 저기…… 어, 어색한 거나 서먹한 건 변함없는데…… 스킨십엔 좀 익숙해진 것 같아.”

“아, 아아. 확실히 그런 것 같네.”

그야 그렇게 오랫동안 찰싹 달라붙어 있었으니까.

응…… 확실히 만지거나 만져지는 것엔 좀 내성이 생긴 것 같아.

"뭐…… 꽤 효과가 있는 거 아냐? 한 번에 갑자기 해결될 거라고는 생각하지 않았으니까."

"그렇……군. 한 번으로는 어렵겠지."

"……그래."

"어어……."

"그, 그러니까…… 뭐, 그런 거지. 네가 꼭 원한다고 하면 이대로 계속하는 것도…… 꽤, 괜찮지 않을까 생각해."

"난 뭐…… 어느 쪽이든 완전 괜찮아. 이런 거, 별로 대수로운 일도 아니고."

"그래, 맞는 말이야. 전혀 대수롭지 않지. 해도 그만 안 해도 그만이니까…… 저기, 음, 해도 그만이지."

"그, 그렇지. 어느 쪽이든 상관없으니까, 해도 상관없지."

"그럼…… 뭐어."

"아아, 응. 그런 느낌으로."

"또…… 조만간."

"언젠가 또."

그리하여.

백허그는 우리 부부의 연례행사가 되고 말았다.

✳

리오와의 생활이 시작된 지 벌써 2주.

그날은 아침부터 둘이 함께 외출할 일이 있었다.

난 빠르게 준비를 끝내고 지금은 소파에 앉아 상대의 준비가 끝나기를 기다리고 있다. 기다리고 있다. 꽤 오래…… 기다리고 있다.

"……하아."

몇 번째인지 모를 한숨을 내쉬었다.

머리로는 대충 알고 있었지만, 동거를 시작하면서 그것이 사실이라는 사실을 절실히 깨달았다.

여성의 외출 전 준비는…… 쓸데없이 길다.

"……어이, 리오. 아직 안 끝났어?"

스마트폰으로 시간을 확인하고는 세면대에서 메이크업을 하고 있는 리오를 향해 말했다.

"슬슬 나가야 돼. 버스 시간 아슬아슬해."

"으아. 잠깐만 기다려 봐. 이제 정말 조금이니까."

"아까도 그 말 했잖아."

"어쩔 수 없잖아. 도중에 한 번 메이크업 스타일을 바꿨단 말이야."

"대체 왜 그런 짓을……. 아무래도 상관없잖아, 메이크업 같

197

은 거."

"네, 정신적 폭력. 모랄 해러스먼트. 아내가 소중히 생각하는
가치관을 부정하다니 훌륭한 정신적 폭력이네요."

"……메이크업을 부정하는 게 아니야. 메이크업이 오래 걸리
는 건 알고 있다면 그만큼 일찍 시작하는 게 맞잖아. 그런데도
넌 느긋하게 밥 먹고, 그 후에도 느긋하게 폰이나 보고……."

"네, 논리적 폭력. 로지컬 해러스먼트. 정론으로 아내의 의견
을 반박하다니 훌륭한 논리적 폭력이네요."

"…………."

가만히 위를 바라보았다.

이 이상 말싸움을 해봐야 소용도 없고 설령 저걸 논리로 따지
고 든다 한들 의미도 없다.

여성에게는 말로 당해낼 수 없다.

이 역시 머리로는 알고 있었지만…… 이 말이 갖는 진정한 의
미를 이제서야 알게 되었다.

그거다. 실제로 말다툼에서 이길 수 있느냐 아니냐를 떠나
서…… 이겨봤자 아무 의미가 없다는 뜻이었다. 정론과 논리를
들먹여 봤자 상대의 신경질만 돋우고 끝날 뿐.

더 말하자면 싸워서 이기려고 생각하는 것 자체가 잘못된 것
이었다.

아내나 여자 친구는 적이 아니라, 말하자면 운명 공동체다.

동료끼리 서로 우열을 가리려는 것만큼 의미 없는 짓도 없을
거다.

"그렇게 안달 낼 필요 없어. 버스를 놓치면 하야시다를 부르면 되니까."

"하야시다 씨를 셔틀처럼 부려 먹지 마."

"셔틀이 아니야. 이건 명령이 아니라 귀여운 부탁이지. 나랑 하야시다는 이미 가족이나 마찬가지니까. 면허를 가진 언니가 귀여운 동생을 데려다주는 것 정도는 평범하잖아?"

"……고용하는 입장에서 그런 말 하면 아웃이야. 중소기업 사장이 '사원은 가족이다'라고 하면서 추가 야근시키는 거랑 뭐가 달라."

"──자자, 끝났어!"

드디어 메이크업이 끝난 것 같다.

지금 시간이라면…… 어떻게든 하야시다 씨에게 부탁하지 않아도 될 것 같다.

난 옆에 놓여 있던 짐을 집어 들고 소파에서 일어났다.

"하루, 빨리 나가자! 버스 놓치겠어!"

"……누구 때문인데."

"결혼식 포토북은 챙겼어?"

"아아."

손에 든 토트백을 들어 보인다.

"태블릿도 들어 있어. 너야말로…… 그건 챙겼어?"

"괜찮아. 그건 어제 다 준비 끝냈으니까."

챙겨야 할 것들을 확인한 후 우리는 쏜살같이 집을 나왔다.

이렇게 아침부터 둘이서 외출하는 건 신혼 생활 첫날 했던 쇼핑 이후 처음이지만…… 딱히 데이트는 아니다.

"……그래도 정말 다행이야."

1층으로 내려가는 엘리베이터 안에서 리오가 조용히 중얼거렸다.

"할머니가 면회할 수 있을 정도로 건강해지셔서."

"그러게."

나도 진심으로 동의했다.

오늘은 지금부터 후미에 씨의 문병을 하러 갈 예정이었다.

타마키 후미에.

리오의 할머니이자 《타마키야》의 창업자 중 한 명.

지금은 토호쿠 최대 규모의 화과자 브랜드가 된 《타마키야》라도, 그 시작은 마을의 도라야키 가게였다.

후미에 씨가 남편과 함께 시작한 작은 가게.

두 사람이 만드는 도라야키가 어찌나 맛있었는지 가게는 금세 문전성시를 이뤘다. 정신없이 일하는 사이에 2호점, 3호점으로 지점이 늘어갔다.

장사가 승승장구하던 중 남편은 병으로 급사했지만, 후미에 씨는 여사장으로 남아 《타마키야》를 계속 이끌어갔다.

하지만 환갑이 지났을 무렵 경영권을 아들── 즉 리오의 부친에게 물려준 뒤로는 빠르게 일선에서 물러났다. 명목상 회장이라는 지위였지만 그 후 《타마키야》의 경영에 일절 참여하지 않았다.

리오가 태어난 것도 바로 그 무렵으로 일을 그만둔 후미에 씨는 어린 리오를 곧잘 돌봐주었다.

리오의 집에 놀러갔을 때 나도 자주 함께 놀았던 기억이 있다.

그래서일까.

내 안에서 그녀는 '전통 화과자 창업자'라는 딱딱한 이미지가 아니었다. 상냥하고 따뜻한 사람, 어디에나 있을 법한 손자 사랑이 지극한 할머니라는 인상이었다.

그런 후미에 씨가…… 최근 몇 년간은 병으로 몸이 상해 입원 생활을 보내고 있었다.

컨디션이 좋았다면 우리들의 결혼식에도 참석할 예정이었지만 직전에 갑자기 상태가 나빠져서 함께하지 못했다.

지난 몇 달 동안은 가족조차 아주 짧은 시간만 면회가 가능했다는데 최근에는 외부 손님까지 면회할 수 있을 정도로 회복했다고 한다.

"──할머니."

병실 문을 열자마자 리오는 참지 못하고 곧장 침대로 달려갔다.

"어머나, 리오. 어서 오려무나."

침대에서 몸을 일으키고 있던 후미에 씨가 리오를 발견하자마자 밝은 미소를 띠며 온화한 목소리로 그녀를 맞이했다.

새하얀 머리와 주름진 얼굴.

내가 그녀를 마지막으로 만난 건 벌써 몇 년 전의 일이다. 본래라면 식전에 인사를 올 예정이었지만 후미에 씨의 컨디션 문제로 좀처럼 얼굴을 보기가 힘들었다.

"할머니, 오랜만이야. 일어나 있어도 괜찮아?"

"그래, 오늘은 상태가 좋구나."

"무리하지 마. 힘들면 누워도 되니까."

"그래, 고맙구나. 리오는 변함없이 상냥하네."

걱정하며 말하는 리오와 기쁜 얼굴로 웃는 후미에 씨.

나는 조금 늦게 병실에 발을 들여놓았다.

현 내에서도 알아주는 종합 병원의 입원 병동.

후미에 씨가 입원하고 있는 곳은 그중에서도 고층에 있는 1인 병실이다.

방도 넓고 가구도 고급에 TV도 크다. 여러 명이 함께 생활하는 곳과는 시설이 판이하다. 물론 그만큼 입원비도 적지 않게 들어간다.

만약.

만약 《타마키야》의 경영이 기울었다면 후미에 씨를 이 병실에 계속 둘 순 없었겠지.

리오가 위장결혼을 해서라도 《타마키야》를 지키고 싶었던 이유는, 물론 부모의 회사를 지키고 싶다는 마음도 있었겠지만, 첫 번째는 후미에 씨 때문이 아니었을까.

투병 중인 후미에 씨가 가능한 한 좋은 환경에서 요양할 수 있도록.

리오는 정말로 할머니를 좋아하니까——.

"……하루? 뭘 멍하니 있어. 여기로 오라니까."

리오의 재촉을 받아 황급히 걸음을 옮겼다.

침대로 다가가 고개를 숙인다.

"오랜만입니다, 후미에 씨."

"하루니……? 세상에, 언제 이렇게 커서……!"

감격한 얼굴로 말하는 후미에 씨의 모습에 간질거리는 느낌을
받았다.

가까이서 본 후미에 씨는…… 기억 속의 그녀와 비교해 많이
야윈 것 같았다.

하지만 나를 향해 지어주는 따스한 미소와 목소리는 옛날과
하나도 다르지 않았다.

내가 정말로 좋아했던 후미에 할머니의 모습이었다.

"한동안 못 본 새 어른이 다 됐구나."

"하루는 아직 19살이지만."

"……일일이 토 달지 마."

나직하게 덧붙이는 리오의 말을 가볍게 받아쳤다.

"하아…… 어쩐지 믿기지가 않는구나."

후미에 씨는 눈을 가늘게 뜬 채 우리를 번갈아 쳐다보았다.

"너희가 마당에서 놀았던 게 엊그제 같은데…… 그러던 게 언
제 이렇게 훌륭하게 자랐을까……."

"마당에서 같이 논 건 벌써 10년도 더 된 이야기야, 할머니."

"이 나이가 되면 10년 전이 엊그제 같은 법이란다."

장난스럽게 말한 후미에 씨가 다시 감회에 젖은 어조로 말을 이었다.

"정말 한순간이구나……. 손자가 태어나서 이스루기 집안의 아이와 사이좋게 놀고 있다고 생각했더니── 이제는 그 아이와 결혼을 한다고 하니 말이야."

후미에 씨는 눈을 감고 가볍게 고개를 숙이시며 말했다.

"리오야, 하루야, 결혼 축하한다."

나는…… 애매하게 웃을 수밖에 없었다.

부끄러움과 멋쩍음── 그리고 어떻게 해도 느껴지고 마는 죄의식.

위장결혼에 대한 찜찜함은 역시 지워지지가 않았다.

"너희 결혼식…… 참석 못해서 미안하구나. 모처럼의 경사스러운 날이었는데."

"아니야. 신경 쓰지 마, 할머니. 나야말로 미루지 못해서 미안해. 갑작스러운 일투성이라 정신이 없어서…… 앗, 그래서 오늘은 사진을 가져왔어. 하루."

손을 뻗는 리오에게 가져온 포토북을 건네주었다.

식장에서 제공하는 유료 서비스로, 식장 당일 사진이나 미리 찍어둔 기념사진 등이 한 권의 책에 정리되어 있었다.

"어쩜, 멋지기도 하지."

포토북을 펼쳐 보이자 후미에 씨는 꽃이 피듯 밝게 웃었다.

사진 속에서는 화려한 정장을 입은 우리가 웃고 있었다. 난 부끄러워서 이런 사진을 남에게 보이는 게 익숙하지 않지만, 리오는 자랑스러운 얼굴로 웃으면서 우리 사진을 보여주고 있다.

"리오, 정말 예쁘구나. 드레스도 시로무쿠(결혼할 때 입는 일본의 전통 예복. 위아래가 모두 흰색으로 되어 있다)도 하나같이 잘 어울려."

"그렇지? 사실 세 번 정도 더 갈아입고 싶었는데—."

"……두 번이면 충분하잖아."

작은 소리로 항의했다.

우리 결혼식은 시내에 있는 식장을 빌려 집안사람들만 불러 조촐히 치러졌다.

'아직 둘 다 학생이었기에 지나치게 화려한 식은 하기 어렵다'라는 명분을 내세워 식을 서두르기 위함이었다.

큰 식장을 잡고 먼 친척이나 회사 관계자까지 부르게 되면 연 단위의 준비가 필요했다.

한시라도 빨리 《타마키야》의 원조를 시작하려면 우리들의 식도 빨리 끝내야만 했다.

뭐…… 그 '조촐히 치른다'라는 범위 내에서 리오는 꽤 자유롭게 굴긴 했지만. 드레스는 수없이 많이 입어본 뒤에 고른 데다 결혼식 전에 찍은 사진도 죽을 만큼 찍었고…….

"하루도 턱시도가 잘 어울리네. 아주 멋져."

"감사합니다."

"뭐, 어울리긴 하네……. 후후, 옷 갈아입는 모습을 봤다면 멋도 반감될 텐데. 무슨 일이 있었냐면, 그때 하루가 턱시도를 입는데 셔츠 카라를 있는 힘껏 접으려고 했다가 직원한테 주의를 받아서는——."

"야, 그걸 말하면 어떡해!"

부끄러운 에피소드를 폭로당하고 말았다.

결혼식에서 턱시도를 입는 경우 안의 셔츠는 윙카라(깃이 서 있고 끝만 접혀 있는 것)를 입는 것이 일반적이라고 한다.

그 사실을 몰랐던 난 윙카라의 셔츠를 일반 정장처럼 있는 힘껏 접으려고 했고…… 그 모습을 본 직원에게 주의를 받은 것이다.

젠장. 알 게 뭐야, 턱시도 입는 법 따위.

"할머니, 이것도 봐봐. 사진 잔뜩 들어 있어."

리오가 보여준 건 태블릿.

거기엔 식 당일에 가족이나 직원들이 찍어준 사진이 들어 있었다.

슬라이드로 지나가는 여러 장의 사진들을 후미에 씨는 한 장 한 장 사랑스럽다는 듯이 바라보았다.

얼추 사진을 다 본 후.

"하아…… 정말로 행복하구나."

후미에 씨는 흐뭇한 미소를 지었다.

"리오의 신부복도 봤고, 더는 이 세상에 남은 미련이 없어."

"뭐, 뭐야, 할머니. 그런 말 하지 마. 할머니는 더 오래 살아야지. 백 살까지 살아주지 않으면 곤란해."

"우후후, 그래. 그럼 적어도 증손자 얼굴을 볼 때까지는 힘내서 살아볼까?"

"증손……~~으! 그, 그래, 맡겨만 줘! 그렇지, 하루?!"

"아, 어어."

흐름상 고개를 끄덕일 수밖에 없었다.

리오에겐 이미 《타마키야》에서 일하고 있는 세 살 위의 오빠가 있었지만, 아직 결혼은 하지 않았다. 그러니 후미에 씨가 증손자를 결혼 이상으로 기대하는 것은 어쩌면 당연했다.

약간 서먹해지는 우리의 모습을 후미에 씨가 즐겁다는 듯 웃으며 바라보고 있었다.

그리고 한동안 소소한 대화를 나눈 후.

"……리오, 이제 슬슬."

나는 시계를 한 번 확인하고 작은 소리로 리오를 재촉했다. 회복했다고 해도 장시간의 면회는 삼가라는 말을 간호사에게 들었기 때문이다.

나 역시 좀 더 대화하고 싶었지만—— 그 전에 끝내야 할 일이 있었다.

"아아, 맞다, 참."

리오는 자신의 가방에 손을 넣어 안에서 종이 한 장을 꺼냈다.

"오늘은 말이야, 할머니가 이걸 써줬으면 해."

"이건 혹시……."

"맞아. 우리들 혼인신고서."

리오가 테이블에 올려놓은 종이는—— 혼인신고서였다.

결혼을 위해 필요한 서류.

법률적으로 보자면 이 서류를 관공서에 제출한 날부터 두 사람은 부부가 된다.

"혼인신고…… 어머, 아직 안 한 거니?"

"……응. 그러니까 엄밀하게 말하면 아직 우린 결혼하지 않은 거야."

"어째서? 이런 건 빨리하는 게 좋을 텐데."

"그렇긴 하지만…… 이 증인 부분은 꼭 할머니가 써 줬으면 해서."

리오가 쓴웃음을 지으며 가리킨 것은 이 혼인신고서에서 유일하게 공란으로 되어 있는 부분.

'증인' 부분이었다.

혼인신고서에는 증인이라는 항목이 있어서 관공서에서 이를 접수하려면 성인 두 명의 기명과 도장 같은 것들이 필요하다.

증인은 20대만 넘으면 누구라도 상관이 없지만, 일반적으로는 각각의 가족에게 한 명씩 써달라고 하는 경우가 많다고 한다.

한쪽은 내 아버지가 기입을 마쳤다.

남은 하나는 오늘까지 빈칸으로 남겨둔 상태——.

"어머나, 어쩐지 미안하네. 리오의 아빠랑 엄마를 놔두고 내가 증인이라니 정말 괜찮은 거니?"

"당연하지. 할머니밖에 없어."

"맞습니다."

강하게 고개를 끄덕인다.

혼인신고 이야기가 나왔을 때 리오가 '증인 중 한 명은 할머니로 하고 싶다'고 제안했다.

나는 물론 대찬성했고 우리 가족들과 리오네 가족들도 모두 이해해 주었다.

본래라면 조금 더 빨리 부탁할 예정이었지만 결혼식 준비나 후미에 씨 컨디션 난조 등이 겹쳐서 오늘까지 미뤄지고 만 것이다.

"그래. 그럼 사양 말고 적어볼까."

"응. 꼭 부탁할게, 할머니. 도장은 우리가 가져왔으니까."

"……으음."

후미에 씨가 난처한 얼굴로 물었다.

"뭐 쓸 것 좀 있니?"

"……앗."

"잠깐, 리오……. '앗'이 뭐야, '앗'이……. 설마…… 펜 안 가져왔어?"

"……응."

후회막심한 얼굴로 고개를 끄덕이는 리오.

"어쩜담. 이 병실엔 내가 쓰는 색연필이랑 서예 붓 정도밖에 없는데……."

"너 말야…… 그래서 아침에 내가 그렇게나 확인했는데……."

"서, 서류는 가져왔잖아!"

"당연히 펜도 세트로 가져왔어야지……."

"……시끄럽네, 정말. 펜 같은 건 어디서든 팔잖아! 지금 당장 매점에서 사 오면 만사 해결이야!"

역으로 화내며 소리친 리오가 그 자리에서 곧바로 달려 나가더니 문도 제대로 닫지 않고 병실을 뛰쳐나갔다.

"……하여간."

"후후후. 여전히 리오 녀석은 말괄량이구나."

후미에 씨가 즐거워 보이는 얼굴로 미소지었다.

"하루 너로서는 살짝 연상의 아내가 되는 셈인가? 잡혀 살지 않게 조심하려무나."

"하하하⋯⋯."

애매하게 웃으면서 난 근처의 의자에 앉았다.

얼마간의 시간이 흐르고,

"⋯⋯하루 네겐 정말로 큰 신세를 졌어."

불쑥 후미에 씨가 그렇게 말했다.

"이야기는 어느 정도 들었단다. 우리가 어려운 시기에⋯⋯ 이스루기 씨네 집안에 상당한 원조를 받았다고 들었다."

"아뇨, 그렇지 않습니다⋯⋯. 곤란할 땐 서로 의지해야죠. 애초에⋯⋯ 전 아무것도 하지 않았고요."

"두 사람이 서둘러 결혼한 것도 우리 사정 때문이었잖니?"

"그건⋯⋯."

"한심한 이야기지⋯⋯ 정말로. 소중한 손녀의 결혼을 집안 사정으로 좌지우지해 버렸으니⋯⋯."

"⋯⋯⋯⋯⋯."

"만약 리오가 우릴 위해 원치 않는 결혼을 한다고 했다면 병원을 뛰쳐나가서라도 말릴 작정이었단다⋯⋯."

하지만, 하고 후미에 씨가 말을 이었다.

똑바로 내 눈을 직시하면서.

"하루가 상대라면 아무런 불만도 없어."

"⋯⋯⋯⋯⋯."

"하루 너라면 분명, 이 세상 누구보다 우리 리오를 아껴줄 테니까."

욱신, 가슴이 아팠다.

아무런 의심도 하지 않는 정직한 눈빛을 나는 그대로 돌려줄 수 없다.

"리오는 말괄량이에 허세도 많이 부리지만…… 사실은 외로움을 많이 타는 응석받이에 누구보다 가족을 생각하는 착한 아이란다. 좀 오해받기 쉽고 까다로운 부분도 있지만…… 그래도 하루 너와 함께라면 리오는 분명 행복해질 거라 믿어."

망설임 없는 어조로 그렇게 단언한 후미에 씨가 내게 손을 뻗어왔다.

그 손을 잡자 그녀는 다른 한 손까지 뻗어서 두 손으로 내 손을 감싸듯 쥐었다.

여위고 주름진 손이었지만 후미에 씨는 강하게── 아마 그녀가 낼 수 있는 최대한의 힘으로 힘껏 강하게 내 손을 잡았다.

"고맙구나……. 정말 고마워, 하루야."

고개를 숙이며 후미에 씨가 말했다.

"하루가 리오와 결혼해서 이렇게 두 사람이 행복한 모습을 보여주니…… 정말 더할 나위 없이 기쁘단다. 고맙구나, 정말 고마워……."

후미에 씨의 눈가에 눈물이 글썽였다.

반복되는 진심 어린 감사와 손에 전해지는 힘──.

욱신욱신, 가슴의 통증이 점점 더 강해졌다.

"…………."

목구멍까지 나오려던 말을 필사적으로 삼켰다.

그만해, 라고 마음이 외친다.

그만해.

그런 짓을 한들 아무 소용도 없어.

여기서 후미에 씨에게 진실을 전한다 한들 무슨 의미가 있어?

그런 건 정직함도 뭣도 아니다. 단지 내 스스로가 후련하고 편해지기 위한, 그런 단순한 도피일 뿐이다. 단순한 자기만족일 뿐이다.

끝까지 거짓말을 이어가겠다고 결심했는데.

그만해, 그만해, 그만해──.

"──죄송합니다."

삼키지 못한 말이 입에서 흘러나왔다.

"후미에 씨……. 죄송합니다, 정말 죄송합니다……."

머리로는 이해해도 마음이 말을 듣지 않았다.

이렇게나 올곧게 우리를 신뢰해 주고 있는 사람을 이 이상 계속 속이는 짓은 할 수 없었다.

한번 제어가 풀리자 사과와 참회의 말이 멈추지 않았다.

봇물 터지듯이 나는 지금까지의 경위를 설명했다.

나와 리오가 한때 연인 관계였다는 것과 그 결말에 대해서도.

그리고── 위장결혼에 대해서도.

모든 것을 단숨에 쏟아내듯 말해 버렸다.

"——위장, 결혼……?"

내 말을 다 들은 후미에 씨는 어안이 벙벙한 얼굴을 하고 있었다. 믿을 수 없다는 듯한 모습이었다.

"……속여서, 정말로 죄송합니다."

나는 깊이 고개를 숙였다. 성의를 보인 게 아니다. 그저…… 상대방의 얼굴을 보는 것이 무서워서. 실망과 모멸의 눈초리가 쏟아질까 무섭고 무서워서.

아아——.

대체 뭘 하는 거야, 나는.

지금까지도 주위 사람들을 계속 속여 왔으면서.

서로의 부모조차 속여 왔으면서.

하지만—— 후미에 씨만은 그러지 못했다.

진심으로 순수하게 우리를 축복해주는 그녀의 말이 너무 아팠다. 마음 깊은 곳의 연약한 부분을 한계까지 옥죄는 느낌이었다.

결국은 그저 내가 스스로의 죄책감에 짓눌렸을 뿐이다.

이 위장결혼은 내가 먼저 제안했고 리오에게 말한 시점에서 각오하고 있었을 텐데.

결국 난 모든 게 다 어설펐다는 뜻이겠지.

청렴결백한 선인도 아니고 죄를 짊어지고 거짓말을 관철할 정도의 기개를 가진 악당도 아니다. 그 자리의 감정으로 쉽게 의지가 흔들리는 어설픈 잔챙이에 지나지 않았던 것이다.

"……하루야, 얼굴 들렴."

이윽고 후미에 씨가 말했다.

흠칫 몸을 떨고는 머뭇거리며 고개를 들었다.

분노와 경멸을 받게 될까.

험한 말이 쏟아질까.

무섭고 무서워서 참을 수 없었다. 하지만——.

"고맙구나. 사실대로 말해줘서."

그곳에 있는 것은 봄에 내리쬐는 햇살처럼 포근한 미소였다.

조금 전과 변함없는 미소로—— 15년 전과 무엇 하나 달라지지 않은 온화한 미소로 후미에 씨가 나를 바라보고 있었다.

"그래…… 위장결혼이라. 으음, 요즘 젊은이들은 참 알 수 없는 걸 다 하는구나."

"……아니, 저기…… 후미에 씨?"

"응?"

"화, 화는 안 내시나요?"

"화를 내? 어째서?"

"아니, 그야……."

말문이 막혀 입을 다문 내게 후미에 씨가 말했다.

"화를 왜 내겠니. 하지만 좀…… 실망은 했으려나."

"……읏."

"그야 증손자 얼굴을 한동안은 볼 수 없을 테니까."

가벼운 농담조의 말투로 변함없이 상냥한 미소를 띤 채 말하는 후미에 씨.

난—— 적잖이 당황했다. 크게 화를 내고 실망해도 어쩔 수 없는 일이라 생각했는데 후미에 씨의 태도는 변함이 없었다.

"하지만 좀 더 솔직히 말하면 이제야 이해가 되는 느낌이야."

"이해……."

"오늘 두 사람을 보니 어쩐지 옛날 생각이 났단다. 기억나니? 우리 집 마당에서 너희가 종종 하던 결혼 놀이. 난 목사 역을 했고."

"……기억합니다."

"어째서일까……? 오늘 너희를 봤을 때 그 두 아이의 모습과 겹쳐 보였단다."

키득거리며 후미에 씨가 웃었다.

"그래, 너희는 또 결혼 놀이를 하고 있는 거구나."

결혼 놀이.

위장결혼.

전에 리오가 취한 척했을 때 그런 대화를 한 적이 있다.

우리들은 여전히 이 나이가 되어서도 결혼 놀이를 하고 있다.

아이일 때보다 훨씬 못나고 서투른 흉내 놀이를——.

"누군가의 명령으로 억지로 결혼한 거라면 한마디 해주려 했는데……. 하루랑 리오가 스스로 생각해서 결정한 일이겠지?"

"……네."

"두 사람이 행복해지기 위해 두 사람이 직접 결정한 거지?"

"……네."

강하게 고개를 끄덕인다.

후미에 씨의 눈빛은 상냥하고 따스하고 깊었다.

내 마음속 깊은 곳을 꿰뚫어 보면서도 모든 것을 받아들이고 감싸주는 자애로 가득하다.

어떤 미사여구를 늘어놓는다 해도, 어떤 명분을 내세운다 해도 우리가 하고 있는 일은 주변에 대한 배신에 지나지 않는다.

서로의 이익을 위해 결혼이라고 하는 제도를 악용했다.

진심으로 우리를 축하해 준 사람들에게 먹칠을 하는 거짓 결혼.

하지만.

그렇다 해도.

우리들의 거짓은—— 행복해지기 위한 거짓이다.

어떻게든 행복해지기 위해 위장결혼이라는 길을 택했다.

나 자신과 주위 사람들의 행복을 위해.

그리고 무엇보다도 타마키 리오를 위해.

소꿉친구이자 전 여자 친구인 그녀의 행복을 위해서——.

"너희 두 사람이 결정한 일이라면 이 할미는 아무 말도 하지 않으마."

"…………."

"난 아무 걱정이 없어. 왜냐하면 우리 리오가—— 정말 행복해 보이거든."

그러면서 손에 든 포토북으로 시선을 떨어뜨린다.

"결혼식 사진도 식전 사진도 너무나 행복해 보이더구나. 물론 오늘 봤던 얼굴도. 리오가 그렇게 웃을 수 있다면 분명 괜찮아. 하루 네가 선택한 길은 틀리지 않은 거야."

"……웃."

이를 악물었다. 자칫하면 눈물이 쏟아질 것 같았다.

거짓말을 이어가기로 했으면서도 망설이고 흔들리는 스스로의 나약함과 미숙함, 어리광, 우유부단함……. 그 모든 것을 간파한 후미에 씨는 아무 말도 하지 않았다. 비판도 거절도 하지 않고 그저 받아들이고 웃어주었다.

그녀의 포용력 어린 따스함이 지금의 내 마음속을 깊이 어루만졌다.

"게다가."

후미에 씨가 짓궂게 웃으며 말한다.

"거짓 부부가 언제까지 거짓인 채로 있을지는 아무도 모르니까 말이지."

"…………."

"올바른 수순을 밟아 결혼한 부부—— 진짜 결혼을 한 부부도 불과 몇 년 새에 망설임 없이 끝나 버리는 경우도 세상에는 얼마든지 있단다. 그렇다면—— 거짓 부부가 언젠가 진짜 부부가 되는 것도 이상한 일은 아니지."

진짜 부부.

그런 일이 있을 수 있을까.

타산과 계산, 허세와 포장…… 온갖 거짓말로 도배된 우리들의 결혼이 언젠가 진짜로 바뀌는 날이 올 수 있는 걸까.

"……하루야."

내가 생각에 잠겨 있자 후미에 씨는 잠시 병실 입구 쪽으로 눈길을 주더니, 입을 열었다.

"예전처럼 결혼 놀이 한번 해보지 않을래?"

"네……? 지, 지금요?"

"그래. 지금 여기서."

"아니, 하지만……."

"부탁하마. 얼마 안 남은 할미의 부탁이라 생각하고."

상당히 거절하기 어려운 부탁을 해 오는 후미에 씨였다.

"놀이…… 그래, 놀이라도 괜찮아. 거짓이라도 좋고 연기라도 좋으니 지금 이 자리에서 하루의 마음을 알려줬으면 좋겠구나."

"…………."

"으흠. 아―, 아―."

내 대답을 듣지도 않고 발성 연습을 시작한다.

이런 식의 억지는 리오와 닮아 있다고 느낀다.

"신랑, 하루 군. 당신은 아플 때나 건강할 때나, 부자일 때나 가난할 때나, 신부인 리오를 사랑하고 섬기며 보살필 것을 맹세합니까?"

어딘가 평온한 울림을 띤 말이―― 의식을 과거로 끌고 갔다.

15년 전.

타마키가의 앞마당.

그곳에는 후미에 씨와 우리가 서 있다.

클로버를 엮어 만든 반지로 즐겁다는 듯 결혼 놀이를 하고 있다.

그 무렵의 나는 진심으로 믿고 있었다.

눈앞에 있는 내가 좋아하는 여자와, 크면 반드시 결혼할 것이라고――.

"——맹세합니다."

난 말했다.

"……리오는 제게 있어 이 세상에서 가장 소중한 여성입니다. 예나 지금이나 그건 조금도 변하지 않았어요. 그러니 앞으로 무슨 일이 있어도, 어떤 때라도 그 녀석과 반드시 함께 할 것을 지금 여기서 맹세하겠습니다."

놀라울 정도로 술술 내뱉어진 말은 어디서부터가 진짜고 어디까지가 거짓인지 스스로도 알 수 없었다.

송구스러울 정도로 애매하고 불확실한 맹세의 말을—— 그러나 후미에 씨는 무척 만족스러운 얼굴로 들어주었다.

그날 밤, 11시가 넘은 시각.

"뭐, 어쨌든 후미에 씨가 건강해 보여서 다행이야. 잘하면 조만간 집에 갈 수도 있을 것 같고. 정말 잘됐어."

"…………."

"혼인신고서도 제대로 받았으니 빨리 내러 가자. 결혼식도 끝났는데 계속 호적을 안 올리면 여러모로 불편하니까."

"…………."

"어이, 리오. 듣고 있어?"

"……엉? 아, 응. 드, 듣고 있어. 그러게~. 하야시다도 빨리 좋은 사람을 찾아야 하는데."

"……전혀 안 들었잖아."

한숨을 내쉬었다.

돌아온 후 계속 이 상태다.

어딘가 붕 떠서는 제대로 된 대화가 되질 않는다. 식사를 할 때도 목욕을 하고 나서도 여전히 희미하게 붉은 얼굴로 멍해 있다.

엄밀히 말하자면 돌아온 뒤가 아니라 병문안 도중이었지만.

펜을 사온 뒤부터 어쩐지 상태가 이상했다.

흐음.

매점에서 무슨 일이 있었나?

"정말 괜찮은 거 맞아? 열이라도 있는 거 아니야?"

"괘, 괜찮아. 아무것도 아냐. 아무것도 아니⋯⋯니까."

"그렇다면야⋯⋯. 그럼 잘 자라."

"잘 자."

취침 인사를 마친 뒤 난 침실로 들어가 문을 닫았다.

나는 침실 침대에서 자고 리오는 거실에 이불을 깔고 잔다.

동거 첫날 왠지 모르게 결정된 이 구도가 지금도 계속 이어지고 있었다.

처음에는 리오가 방 밖에서 자고 있다는 사실만으로도 두근거려서 쉽사리 잠들지 못했지만⋯⋯ 이제는 어느 정도 익숙해졌다.

지금은 매일 푹 숙면하고 있다.

잠시 스마트폰을 보다가 이불을 뒤집어쓰고 눈을 감았다. 점점 의식이 몽롱해지며 잠에 빠지려던── 그때였다.

드르륵 하고.

침실 문이 열렸다.

"응⋯⋯? 리, 리오?"

황급히 침대에서 몸을 일으켰다.

그곳에 서 있는 건 역시나 리오였다. 방금 봤던 잠옷 차림을 한 채 어딘가 안절부절못하는 모습으로 이쪽을 보고 있다.

"왜 그래? 무슨 일 있어?"

"……저, 저기 말이야, 하루."

긴장이 묻어나는 목소리로 리오가 말한다.

그 손에는 베개가 쥐어져 있다.

"오늘 같이 자도 돼?"

스스로도 왜 이런 일을 저질렀는지 모르겠다.

하지만—— 어찌할 방법이 없었다.

더는 내 자신을 억제할 수 없었다.

병실 밖에서 하루의 말을 듣는 순간부터 계속 둥실둥실 땅에 발이 닿지 않는 느낌. 초조하면서도 가슴이 꽉 찬 듯한…… 아무튼 이대로 잠을 자는 건 불가능할 것 같았다.

"……읏."

둘이 함께 자기에 싱글 침대는 상당히 좁았다.

몇 번의 입씨름은 오갔지만 결국엔 내가 강제로 밀어붙여 침대로 들어가는 상황이 되었다.

뭐, 당연한 말이지만…… 서로 반대 방향을 향한 채 가능한 끝쪽에 달라붙어 자고 있었다. 하지만 아무리 거리를 두려고 해도 좁은 침대라 한계가 있다. 작은 동작만으로도 금세 몸이 닿는 탓에…… 그때마다 움찔거리며 과민하게 반응하고 만다.

아아, 정말 뭐 하는 거야, 나는?

스스로도 자신을 믿을 수가 없었다.

이런 대담한 행동을 벌인 이유를 모르겠다.

이러면 마치 내가 유혹하는 것 같은——.

"……무슨 생각이야, 너."

긴장으로 짓눌려가고 있는데 등 뒤에서 하루가 작게 중얼거렸다.

당황과 부끄러움이 뒤섞인 목소리였다.

"뭐, 뭐야. 불만이라도 있어?"

"아니, 불만을 떠나서…… 여러 가지로 이상하잖아. 왜 이런 짓을…… ."

"그게…… 으음, 그, 그래! 이것도 스킨십 연습이야!"

"연습…… ."

"어쩌면 다음에 아키노 씨가 무리하게 우리 집에서 자고 갈 수도 있잖아? 그렇게 되면 아키노 씨가 저쪽 이불에서 자고 우리는 부부답게 한 침대에서 자야 하니까…… . 응, 그러니까 이건 그 상황을 상정한 연습이야!"

"………… ."

"그것뿐이야. 정말 그것뿐이니까…… ."

스스로도 놀랄 정도로 주절주절 변명을 늘어놓고 있었다. 상대의 얼굴이 보이지 않으니 제대로 속았는지 어떤지 알 수도 없다.

같이 자려고 한 이유.

그런 건 나도 모른다.

하지만 더 이상 스스로를 억누를 수 없었다.

오늘 밤은 평소보다 더 가까이 있고 싶었다.

심장은 계속 쿵쾅거리고 얼굴은 믿을 수 없을 만큼 달아올랐다. 머릿속에서는 병실 바깥에서 들었던 말이 끊임없이 반복되고 있었다. 할머니의 부탁에 응한 거짓이라는 걸 알면서도……

그런데도 심하게 마음이 동요했다.

아아…… 정말이지.

왜 그런 말을 한 거야, 하루.

치사해. 치사하다고.

포기하려고 했는데. 잊으려고 했는데.

더는 기대 안 하기로 마음먹었는데.

그런 말을 들으면── 마음이 제어가 안 되잖아.

"……아, 아무튼 이건 단지 연습이니까 괜한 기대는 하지 마."

속마음과는 달리 입에서는 퉁명스런 말이 튀어나온다.

"이상한 곳 건드리면 진짜 화낼 거야."

"……알고 있어."

"잠에서 덜 깬 척하면서 만지지도 마."

"알았어."

"물론 가까이서 보는 것도 금지야."

"네에 네에."

"그리고 냄새를 맡는 것도──."

"알겠다고 했잖아. 끈질기네."

몇 번이나 주의를 주는 내게 하루는 질렸다는 투로 말했다.

"걱정 안 해도 아무 짓도 안 해. 빨리 자."

"…………."

뭐, 뭐야?!

뭔데 이 쌀쌀맞은 느낌은?!

끈질기다니?! 나랑…… 전 여친이랑 같은 침대에서 자는데 아무 느낌도 없는 거야?! 두근거리거나 괴롭거나 하지도 않나?!

내가 몇 번이나 주의를 준 게 성가셔서 그런 걸까……. 하지만 내심 해주길 바라면서 하지 말라고 외치는 걸 수도 있잖아!

……아니, 꼭 그런 건 아니지만. 그런 느낌으로 말한 건 아니지만!

물론 난 진심으로 거부한 게 맞지만 이런 식으로 냉정하게 다뤄지면 여자로서 심란하다고 할까, 내가 생각하기에도 성가신 성격이라는 자각은 있지만 그렇다고 이렇게 태연하게 있으면…… 아아, 으우…… 진짜 뭐야~!

"…………."

하아.

뭐 하는 거지, 나.

혼자 의식하고 혼자 신나고 뭔가 바보 같아.

알고 있는데.

병실에서 하루가 한 말은 모두 할머니를 배려한 연기.

하루가 나와 결혼해 준 건 단순한 선의이고 의리.

나에게 더는 아무런 마음도 없다. 놀리면 가끔 수줍은 반응을 보이는 것도…… 그저 여성에게 익숙하지 않아 반사적으로 나오는 반응일 뿐 날 의식해서 그런 건 아닐 거다.

알고 있어. 처음부터 알고 있었는데──.

"……그렇겠지."

스르륵 말이 흘러나왔다.

분하고 답답한 마음에 추악한 마음을 토해내고 만다.

"옆에서 잔다 한들…… 하루는 아무것도 안 하겠지. 나같이 천박한 여자, 하루는 싫을 테니까."

"……뭐?"

"이렇게 같이 자도 손을 댈 마음은 추호도 없지? 아무것도 안 느껴지지? 알고 있어. 알고 있다고…… 미안해, 같이 자자고 해서. 이런 품위 없는 여자가 옆에 누워있는 것만으로도 불쾌할 텐데."

"아니…… 잠깐 기다려봐."

등 뒤에서 몸을 일으키는 소리. 하지만 난 뒤돌아볼 수 없다.

눈에서── 눈물이 쏟아지고 있었으니까.

와…… 최악이다.

왜 우는 거야, 나는……!

"대체 무슨 소리야? 천박하고 품위가 없다니, 무슨 뜻인데?"

"그야…… 하루는 날 그렇게 생각하고 있잖아?"

"뭐? 네가, 천박하다고? 아니, 그런 생각은 안, 하는데……."

진심으로 당황하며 말하는 하루였지만 난 그 말을 믿을 수 없었다.

"거짓말."

"거, 거짓말 아니라니까."

"분명 거짓말이야."

"진짜야. 네가 천박하다니, 한 번도 그런 생각 해본 적 없어."

"그럼 어째서——."

발끈한 난 몸을 일으켜 그를 돌아보고는—— 그곳으로 돌아갔다.

신혼 생활이 시작된 뒤에도 서로 일절 언급하지 않았던 그 당시 과거로.

우리에게 있어 가장 최악의 흑역사.

다시는 기억하고 싶지 않은 젊음과 미숙함의 표상——.

"왜—— 내가 다가갔을 때 싫어했던 거야?"

"……읏."

방은 어두웠지만 이미 익숙해진 눈은 상대를 잘 비추고 있다. 하루는 놀란 얼굴로 난처한 기색을 숨기지 못하고 있었다.

아아…… 저질러 버렸어.

최악. 부끄러워, 꼴사나워.

육체 관계를 강요하고 거부당했다고 해서…… 그걸 왜 비난하는 건데?

남녀가 반대였다면 여자 친구에게 관계를 거절당한 남자가 언제까지고 꿍얼대면서 불평하는 거라고. 그런 남자 최악이잖아. 인터넷 고민 상담이었다면 틀림없이 '그딴 남자랑은 헤어져'라는 말을 들을 거야.

남녀가 바뀌어도 그 사실은 변하지 않아.

못났어. 기분 나빠. 아파. 괴로워. 난 대체 왜 이러는 거야?

"……그때의 일, 말인가."

잠시 동안의 침묵이 지나고 하루가 어색하게 입을 열었다.

"헤어지기 바로 전에 네 방에서 있었던 일, 말이지……."

"마, 맞아."

"그건……."

"……됐어. 변명하지 마. 탓하려는 게 아니니까."

하루의 속마음을 듣기 두려워서 일방적으로 말을 이어갔다.

"내가 너무 천박해서 실망한 거잖아? 당연해. 여자가 억지로 밀어붙이다니 가벼운 것도 정도가 있지…… 경멸하는 게 당연해. 하루는 더 정숙하고 조신한 여자가──."

"아니야!"

하루는 난처한 듯, 그러면서도 미안한 눈빛으로 나를 보고 있었다.

"너…… 그런 생각을 하고 있었어? 아니야, 전혀 아니라고……. 아아…… 젠장. 그래, 네게 그런 생각을 하게 만든 건가……."

후회하는 목소리로 중얼거리며 답답한 듯 머리를 긁는다.

"……어쨌든 아니야. 난 그런 걸로 실망하지도 않았고 널 경멸하지도 않아."

"거, 거짓말 마. 괜찮아, 이제 와서 마음 쓸 필요 없어……. 그런 적극적인 여자는 싫다고 확실하게 말해도 돼."

"거짓말 아니라니까……. 그보다…… 딱히 싫어하지도 않고."

하루가 말했다.

머뭇거리며, 하지만 진지함과 정직함이 깃든 목소리로.

"여친이 적극적인 걸⋯⋯ 싫어하는 남자가 어디 있겠어."

"⋯⋯⋯⋯⋯."

"오히려⋯⋯ 저기, 기, 기뻤어. 그런 걸 하고 싶어 하는 게 나쁜만이 아니라는 걸 알고⋯⋯ 기뻤어. 조, 조금이지만!"

"⋯⋯⋯⋯⋯."

기뻤다고?

그런 걸 하고 싶어 하는 게 나쁜만이 아니다──라는 건.

어? 하루도⋯⋯ 하고 싶었다는 뜻?

적극적인 여자는 싫은 게── 어? 어라? 응?

"그럼, 왜 싫어한 거야?"

"⋯⋯웃. 그, 그건⋯⋯."

내가 묻자 하루는 고개를 숙이고 말을 주저했다.

대답을 기다리기 힘들었던 난 상대의 얼굴을 뚫어지게 쳐다보고 말았다.

"아, 알려줘. 어째서⋯⋯."

"⋯⋯웃지 마. 절대 웃지 마라?"

하루의 얼굴은 어둠 속에서도 확연히 알 수 있을 만큼 새빨개져 있었다. 그런 붉어진 얼굴을 양손으로 가리면서 조그맣게 중얼거린다.

"──나, 나와 버렸어."

난 잠시 멍해졌다.

"······어? 나왔다고?"

"············."

"나왔다니······ 뭐가?"

"뭐냐니, 그러니까······ 그거, 말이야."

"그거······?"

"좀 눈치채라, 그 정도는······. 지금 이 대화의 흐름에서 남자한테 나올 건 하나밖에 없잖아······. 네가 갑자기 만져서 그게 나왔다고······."

심각할 정도로 얼굴을 붉힌 채 죽을 만큼 수치스럽다는 얼굴로 말을 꺼내는 하루.

나도 필사적으로 생각하고는—— 그리고 간신히 그것의 정체에 생각이 미쳤다.

"······~~~?!"

에엑?!

에에에에에에에엑?!

그거라니—— 그걸 말하는 거야?!

"······그, 그거라면, 그거 말이지? 남자가······ 마지막 순간에 나오는 그 액체 같은 거······."

"······어."

"하루는 그때······ 내가 만졌을 때 나왔다는 뜻······?"

"············."

"어? 어? 잘은 모르지만······ 그게 그렇게 쉽게 나오는 거야? 좀 더 뭔가······ 달아올랐을 때 나오는 거 아니야? 난 살짝 만졌을 뿐인데…….”

“~~~윽! 어쩔 수 없잖아!”

도리어 화를 내며 소리치는 하루.

“난 그때 고1이었다고! 한창 사춘기에다…… 그런 거에 가장 민감하고 예민한 시기였어. 근데 넌 고3에다 여자로 성장해서 야한 몸을 하고 있고…….”

“야, 야한 몸……?!”

“그런 여자가 자기 여친이고, 적극적으로 다가오면서 가슴까지 만지게 하니까…… 너무 흥분해서 나와 버렸다 해도 어쩔 수 없잖아…….”

“…………..”

어쩔 수 없다는 말을 들어도……. 남자의 생태는 난 잘 모르니까.

그, 그렇게 참기 힘든 걸까?

분명…… 조루라고 하던가, 그런 걸?

경험이 아예 없거나 부족한 사람은 자극에 민감해서 의도치 않게 분출할 수도 있다고…… 인터넷에서 본 적이 있는 것도 같고 아닌 것도 같고.

“저기. 그럼 즉——.”

내가 말했다.

예상과 기대를 그대로 말로 내보냈다.

“하루가 그때 울 것 같은 얼굴로 싫어했던 건 빨리 끝났기 때문이고…… 내가 싫어서가 아니라는 거?”

“……저, 전부 설명하지 마, 바보야.”

"뭐야 그게……. 그렇다면 말해주지 그랬어."

"말할 수 있을 리가 없지. 바지 위로 만진 것뿐인데 나왔다니…… 꼴사납게."

쌉쌀함이 묻어나는 목소리로 하루가 말을 이었다.

"나도…… 오해를 풀어야겠다고는 생각했어. 여자인 네가 용기를 내서 거기까지 해줬는데 나 때문에 실패했으니까……. 근데 뭐라 말해야 좋을지 모르겠더라. 계속 생각하고 고민했는데…… 그러다가 네가 전화로 헤어지자, 고 해서……."

그래.

어색해진 지 일주일 만에 결별을 고한 건 내 쪽이었다.

분명 미움을 받았다고 생각했으니까.

상대에게 차이기 전에 먼저 차면 덜 상처받고 끝날 거라 생각했으니까.

"너한테 이별 통보를 받았을 때…… 확실하게 미움받았다고 생각했어. 이런 한심한 놈은 차이는 게 당연하지. 그리고…… 혹시나 그 실수를 들킬까 싶어서…… 내 쪽에서는 아무 말도 못 한 거야……."

"…………."

그때.

하루도 하루대로 내게 미움받았다고 믿고 있었나 보다.

미움을 받은 게 분명하다면서 혼자 불안해하고, 그런데도 상처 입을까 봐 상대에게 아무 말도 하지 못했다.

요컨대—— 나와 똑같은 상태였다.

"나도…… 여러모로 한계였어. 네 앞에서 꼴사나운 추태를 보이고 어쩌면 좋을지 몰랐으니까……. 그것만으로 벅찼어……."

하루가 말했다.

수치심이 한계를 넘어선 탓인지 드물게 푸념하는 듯한 말투로.

"내가 널 얼마나 좋아했는지 알기나 해?"

"──웃."

두근 하고 심장이 크게 뛰었다. 난폭하고도 날카로운, 그럼에도 사랑스러운 그 말에 찔려 전신이 달콤하게 저리는 것 같았다.

"……앗, 아니…… 예, 옛날이야기니까! 과거형이다!"

"아, 알고 있어!"

알고 있다.

알고 있다, 그런데도──.

"……아─, 어쨌든 이제 이 이야기는 끝이야. 그 일에 대해서는 리오와 상관없이 전부 내 문제였어. 넌 아무 신경 안 써도 돼. 자, 이제 끝. 잘 자라."

강제적으로 이야기를 중단시킨 하루가 반대쪽을 향해 누워 버렸다.

나는…… 멍해 있었다.

아직 머리가 현실을 전혀 따라가지 못하고 있었다.

생각들이 어지럽게 소용돌이치면서 수많은 감정들이 끓어올랐다. 분노와 슬픔, 분함과 안타까움…… 부정적인 감정도 많이 있었지만 그래도 가장 첫 번째는──.

"……후후."

안도였다.

행복과도 같은 편안함이 온몸에 깊게 스며들었다.

아아── 그렇구나.

난 거절당한 게 아니었어.

하루는 나와 하나가 되는 게 싫었던 게 아니구나.

나만 혼자 멋대로 흥분해서 헛발질을 한 게 아니라, 하루도 같이 흥분해준 거야. 오히려…… 어떤 의미로는 나보다도 더 달아올라서 대찬 헛발질을 한 걸지도 모르지만.

"아하하."

"……웃지 말라고 했지."

반대편을 향해 누운 하루에게 원망이 담긴 목소리가 들려왔다.

"앗…… 미, 미안, 아니야. 네가 빨라서 웃은 게 아니고…… 좀 마음이 놓여서."

"…………."

"그, 그렇게 신경 쓸 것 없어. 저기…… 그 왜, 침팬지 교미는 5초 만에 끝난다고 하니까, 그거에 비하면 하루는…… 아—, 저기…… 5초는커녕 만진 직후긴 하지만."

"위로하는 척하면서 상처 후벼파지 마."

진심으로 침울한 것 같았다.

으으…… 모르겠어. 이럴 때 어떤 말을 해야 하지.

이 이상 섣불리 말을 꺼냈다간 하루가 정말 재기불능에 빠질 것 같아 나는 말없이 누워 이불을 뒤집어썼다.

힐끔 옆을 바라본다.

하루는 반대쪽을 향해 있었다.

아마 지금 내게 얼굴을 보이기 부끄러운 거겠지. 그 기회를 이용해 난 하루 쪽을 향해 누워 멍하니 등을 응시했다.

넓고 큰 남자의 등. 그런데 좀 침울해진 탓인지 지금은 그 등이 살짝 웅크려져서 조금 작아 보인다.

그런 뒷모습이── 어째서일까, 사랑스럽고 사랑스러워서 견딜 수가 없었다.

"……있지, 하루."

내가 말했다.

"만약에 말이야…… 만약에 그때 제대로 끝까지 했다면…… 우린 헤어지지 않아도 됐을까?"

중간에 실패하지 않고 끝까지 했다면.

혹은── 내가 조급하게 몰아세우지 않았다면.

"……몰라."

조금 간격을 두고 하루가 쌀쌀맞은 투로 대답했다.

"생각해 봐야 소용없잖아. 이제…… 끝난 이야기니까."

"……그렇지."

그래.

하루의 말대로.

이미 끝나버린 일.

이미 끝나버린 이야기.

젊음의 허영과 엇갈림으로 인해 우리 관계는 끝나버렸다.

남이 본다면 사소한 일일지도 모르지만 당시의 우리에겐 중대

하고, 그리고 어쩔 수 없는 이야기였다.

고등학생이었던 우리는 지금보다 더 젊고 너무나도 미숙했다. 자신의 자존심을 지키는 것에 급급해 상대와 마주하는 것을 잊고 말았다.

아무리 억울하다고 해도 시간은 과거로 돌아가지 않는다.

고등학교 시절을 다시 시작할 수는 없다.

이미 끝나버린 것이다.

하지만——.

"……다시 시작할 수도 있는 거잖아."

"어……?"

"아니, 아무것도 아니야."

그렇게 말하고 나도 반대쪽을 향해 누웠다.

이 이상 하루를 보고 있으면…… 또 스스로를 억누를 수 없을 것 같았으니까.

배드 엔딩으로 끝나버린 우리의 이야기.

하지만—— 아니, 그렇기에 더더욱.

그런 이야기가 다시 움직이는 경우도 어쩌면 있을지도 모른다.

✴

대학 강의를 끝내고 버스에 올랐다.

목적지인 정류장에서 내리니—— 이미 리오가 기다리고 있었다.

걸어서 다가가는데,

"뭐야. 늦었잖아."

팔짱을 끼고 기다리던 리오는 입을 열자마자 불평을 쏟아냈다.

정말이지 귀엽지 않은 여자다.

"강의가 길어졌어. 늦는다고 연락했잖아."

"그렇다고 태평하게 있으면 어떡해. 봐, 벌써 다섯 시 직전이야. 빨리 안 가면 시청 문 닫을 거야."

초조하게 말하며 코앞에 있는 시청을 가리킨다.

우리들은 오늘 시청 앞에서 만나기로 했다.

이런 곳에 굳이 둘이 함께 오는 이유는 물론 말할 필요도 없다.

"혼인신고서는 시청이 닫아도 낼 수 있어."

알려주자 당장이라도 달려갈 기세였던 리오가 놀란 얼굴을 지었다.

"어…… 그, 그래?"

"그래, 24시간 받고 있다나 봐."

"……뭐야. 그럼 하야시다를 부를 필요도 없었네."

"너…… 또 하야시다 씨한테 데려다 달라고 했어?"

"앗. 어, 어쩔 수 없잖아! 늦으면 안 되는 줄 알았단 말이야."

변함없이 하야시다 씨는 혹사당하고 있는 것 같았다.

우리는 나란히 서서 시청 쪽으로 걷기 시작했다.

"굳이 이렇게 오지 않아도 우편으로도 접수된다던데."

"안 돼, 그런 건."

리오가 즉각 부인했다.

"우편이라니 너무 건조해. 이런 중요한 건 두 사람이 확실하게 해야지."

"…………."

"무, 물론 그런 척하는 거야. 사이좋은 관계를 유지하고 있는 커플이라면 이런 건 둘이서 내러 올 테니까 우리도 그걸 따라가는 것뿐이고……."

"……그렇지."

러브러브한 커플이라면 분명 이런 건 둘이 함께 내러 오겠지.

그래서 우리도 그걸 따라한다.

사이좋은 부부인 척하기 위해.

"혼인신고 말이죠. 저쪽에서 잠시만 기다려 주세요."

시청에 들어가 접수대에서 목적을 말하자 앉아서 기다리라는 말을 들었다.

아슬아슬하게 일반 접수 쪽 시간을 맞춘 것 같았다.

"리오, 오늘은 잊은 물건 없겠지?"

"놀리지 마. 제대로 다 가져왔어."

퉁명스럽게 대답하면서도 불안해진 것인지 그 자리에서 확인하기 시작한다.

"인감, 호적등본, 그리고 본인확인서류로 학생증이랑 보험증…… 응. 전부 다 있어. 그쪽은 괜찮은 거야, 미성녀자 씨?"

"아아. 보호자 동의서도 잘 가져왔어."

미성녀자의 경우는 그런 것들이 필요했다.

"……정말 결혼하는구나, 우리."

감격스럽다는 얼굴로 리오가 말했다.

"되돌리려면 지금이야."

"아하하. 무슨 소리야. 이제 와서 되돌릴 순 없지."

"그건 그러네. 하하하."

결혼식도 올렸고 동거도 시작하면서 혼인신고서를 제외한 모든 절차가 끝났다.

법적으로는 미혼이라고 하지만 이미 결혼한 거나 다름없었다.

그러니 혼인신고서 제출은 사실상 그저 단순한 절차에 불과했다.

그런데── 어째서일까.

표현하기 힘든 감정이 가슴속에서 솟아오르는 것은──.

"오늘부터 나는…… 정식으로 '이스루기 리오'가 되는 거네. 으음, 어쩐지 울림은 '타마키 리오'가 더 좋은 것 같은데."

"그럼 따로따로 할래? 아아, 참. 일본은 아직 안 되던가?"

"……하여간. 그런 말이 아니잖아. 이럴 땐 '그렇지 않아. 이스루기 리오도 귀여워'라고 하면 되는 거야. 정말 여자의 마음을 모르는 남자라니까."

"……미안하게 됐네."

"하아~. 그래서 인기가 없는 거야, 하루는. 너같이 꽉 막힌 사람을 좋아할 여자는 ……아마 세상에 한 명 정도밖에 없겠지."

거기까지 말하고 리오는 앉은 채 살짝 몸을 기대왔다.

그리고── 내 손을 가볍게 잡았다.

"리오……."

"멋진 부부가 되자, 하루."

촉촉한 눈동자로 똑바로 날 바라본다.

진심으로 상대를 생각하는, 서로의 눈부신 미래를 믿고 있는 깊은 애정이 담긴 말. 내가 살짝 두근거리자 리오가 입가를 손으로 가리며,

"위장결혼이지만."

하고 작은 소리로 덧붙인다.

그 입가에는 무척 즐거워 보이는 미소가 걸려 있었다.

이 녀석…… 이런 순간까지 사람을 놀려대고.

"훗훗훗. 부끄러워? 지금 엄청 부끄러웠지?"

"……안 부끄러워."

불평 한마디라도 해 주고 싶은 심정이었지만 리오가 너무 행복한 얼굴을 하고 있는 탓에 그럴 마음마저 사라져 버렸다.

"이스루기 님, 계신가요?"

이름이 불렸다.

내가 먼저 일어났다.

어쩌다 보니 타이밍을 놓쳐 손은 그대로 잡은 채였다.

"가자, 리오."

"……응."

기합을 넣으며 고개를 끄덕인 뒤 리오도 몸을 일으킨다.

손을 잡은 채 둘이서 나란히 걸어갔다.

마치—— 최고의 출발을 맞이한 부부처럼.

오늘 우리는 결혼한다.

서로의 목적과 이익을 위해 결혼이라는 제도를 이용한다.

흔히 말하는—— 위장결혼.

앞으로 뭐가 어떻게 될지는 알 수 없다.

이 안타깝고 아슬아슬한 위장결혼이 언제까지 계속될지도 알 수 없다.

세상에서는 결혼을 인생의 무덤이다 골인이다 하지만 그런 느낌은 전혀 없었다.

오히려 정반대.

굳이 말하자면 출발선에 선 것 같은 기분이다.

모든 것이 미정이고 불확실해서 앞으로 무슨 일이 일어날지 알 수 없다.

일반적인 부부와는 전혀 다른 위장결혼이라는 선택.

가면부부를 계속 연기해야 하는, 그 끝이 어딘지 조차 알 수 없는 여정.

길도 없는 길을 계속 가야 한다는 불안과 공포는 있지만—— 그러나 이건 내 의사로 내가 선택한 길이다.

그렇다면 각오하고 계속 나아가자.

물론 혼자가 아니라 둘이서 함께.

비유하자면 이인삼각으로 마라톤을 한다는 마음으로.

다양한 마음을 가슴에 품고——.

나는 오늘 전 여자 친구를 호적에 넣었다.

결혼이란 10년 전 일본이었다면 누구나 해야 할 당연한 것이었다고 생각합니다. 어른이 되면 결혼해서 가정을 꾸리는 것이 보통이고, 적당한 나이임에도 독신이면 부모나 주위 사람들에게 맞선을 보라는 식으로 간섭이 들어옵니다. 하지만 현대는 옛날처럼 결혼이 강요되는 시대가 아닙니다. 독신을 유지하거나, 결혼은 하지 않지만 아이만 가지는 삶의 방식 등이 존재합니다. 더 이상 결혼이 누구나 반드시 가야 하는 길이 아니게 된 것 같습니다. 결혼은 꼭 해야 하는 게 아니다. 그렇다면 그런 현대에서는 결혼의 의미가 무엇일까? 기혼자인 저는 종종 그런 일로 고민에 빠지거나 빠지지 않거나.

안녕하세요, 노조미 코타입니다.

신 시리즈 개막입니다.

이번 연상은 소꿉친구이자 전 여자 친구이자 누나인 아내라는 설정 가득 히로인.

전 여친과 위장결혼이라는 러브 코미디. 막연히 위장결혼을 테마로 한 작품을 쓰고 싶다는 생각에 여러 가지로 고민한 결과 생각해낸 것이 전 여친입니다.

미련 가득한 두 사람이 서로 '이제 저 녀석은 잊어야지⋯⋯ 하지만'이라는 식으로 괴로워하며 결혼한 척을 한다. 사실 같은 마음인 두 사람이 위장결혼이라면 결국 위장결혼의 위장⋯⋯ 즉 단순한 결혼이 되는 게 아닌가, 라는 반박을 하고 싶어지는 우회적인 이야기.

두 사람이 솔직해지기만 하면 2초 만에 해피엔딩을 맞이할 것 같은데 왜 이렇게나 비틀리고 꼬이는 걸까. 작가인 저조차 쓰면서 애가 탑니다.

하고 싶은 이야기가 많기에 시리즈가 오래 이어진다면 좋겠습니다. 2권에서는 우선 1권에서 분량으로 인해 울면서 자를 수밖에 없었던 결혼반지에 관한 에피소드가 이어질 예정입니다.

1권을 다 쓰고 나서 깨달았는데, 10대 여자가 한 명도 나오지 않는 작품이 되어 버렸네요. 과연 다음에는 나올 것인가……?

아래부터는 감사 인사.

담당자 님 이번에도 많은 신세를 졌습니다. 미팅이 굉장히 즐거웠던 작품이었습니다. 일러스트레이터이신 퐁키치 님, 전작에 이어 이번에도 멋진 일러스트를 그려주셔서 감사합니다. 전부 최고로 좋지만 역시 표지가 가장 좋습니다. 저 흰색 틀이 정말 센스 넘칩니다.

그리고 이 책을 손에 들어주신 독자분들께 가장 큰 감사 인사를 드리며.

그럼 인연이 닿는다면 2권에서 뵙겠습니다.

노조미 코타

MOTOKANO TONO JIRETTAI GISOKEKKON Vol.1

©Kota Nozomi 2021
First published in Japan in 2021 by KADOKAWA CORPORATION, Tokyo.
Korean translation rights arranged with KADOKAWA CORPORATION, Tokyo.

전 여친과의 아슬아슬한 위장결혼 1

2023년 01월 01일 1판 1쇄 발행

저   자 | 노조미 코타
일러스트 | 퐁키치
옮 긴 이 | 이소정
발 행 인 | 유재옥
본 부 장 | 조병권
담당편집 | 정지원
편집 1팀 | 김준균 김혜연 박소연
편집 2팀 | 정영길 조찬희 박치우 정지원
편집 3팀 | 오준영 이해빈
디 자 인 | 김보라 박민솔
라 이 츠 | 김정미 맹미영 이승희 이윤서
디 지 털 | 박상섭 김지연 유영준
발 행 처 | (주)소미미디어
인쇄제작처 | 코리아피앤피
등   록 | 제2015-000008호
주   소 | 서울시 마포구 토정로 222, 403호(신수동, 한국출판콘텐츠센터)
판   매 | (주)소미미디어
영   업 | 박종욱
마 케 팅 | 한민지 최원석 최정연
물   류 | 허석용 백철기
전   화 | 편집부 (070)4164-3962, 3963 기획실 (02)567-3388
             판매 및 마케팅 (070)4165-6888, Fax (02)322-7665

ISBN 979-11-384-3518-5 (04830)
ISBN 979-11-384-3517-8 (세트)